秘書から完璧上司への贈り物

ミリー・アダムズ 作
雪美月志音 訳

ハーレクイン・ロマンス
東京・ロンドン・トロント・パリ・ニューヨーク・アムステルダム
ハンブルク・ストックホルム・ミラノ・シドニー・マドリッド・ワルシャワ
ブダペスト・リオデジャネイロ・ルクセンブルク・フリブール・ムンバイ

HER IMPOSSIBLE BOSS'S BABY

by Millie Adams

Published by Harlequin Japan,
a Division of K.K. HarperCollins Japan, 2025

ミリー・アダムズ

昔からずっと本が大好き。自分のことを『赤毛のアン』の主人公アン・シャーリーと、19 世紀に優雅な令嬢の生活から冒険とスリル満点の船上の世界へと突然投げこまれた物語の主人公シャーロット・ドイルを混ぜ合わせたような存在だと考えている。森の端にある小さな家に住み、ふと気づけば息抜きに本のページをめくって読書にふける生活を送る。情熱的で傲慢なヒーローに立ち向かうヒロインという組み合わせに目がない。

主要登場人物

ポリー・プレスコット…………個人秘書。
ルカ・サルバトーレ…………実業家。

1

ルカ・サルバトーレは世界最悪の上司だった。それを科学的に証明することはできないとポリーにはわかっていた。しかし、午前二時に野獣の巣窟に呼び出されたときは、それこそ彼が本当に最悪であることが証明された気がした。

最悪、最悪、最悪！

その言葉を歌詞にして、ポリーはルカの所有するビルのロビーを怒涛《どとう》のごとく歩いた。

夜間のドアマンはこんな時刻にやってきた理由を尋ねもせず、何食わぬ顔で挨拶をした。

「こんにちは《ボンジョルノ》、ミス・プレスコット」

「こんにちは、アントニオ」ロビーを足早に歩きながら、ポリーは応えた。ルカが嫌いだからといって、ドアマンに失礼なことを言うつもりはない。

すぐに入室を許可されたルカが熊になるからに違いない。二秒以上待たされるとっくり歩きたくなった。けれどそうしたら、彼はあとで、最も腹立たしい方法でその数分を取り戻すだろう。彼女はルカのことを知り抜いていた。

四年八カ月と三週間、さらに五日と三時間。ポリーがこの仕事に就いてから、それだけの月日が流れた。ドクター・ルカ・サルバトーレ。彼は複数の意味で〝ドクター〟だった。非常に執着心が強く、生真面目で、最先端の医療技術の分野で働くために、博士号だけでなく医学博士号も取得していたからだ。

彼は優秀だ。それに異議を唱える者はいない。

彼はまた、とんでもない厄介者でもあった。

とはいえ、ポリーは偶然の幸運によってもたらされた今の仕事を手放すつもりはなかった。少なくとも、今週までは。

若い時分からポリーは家を出たくてたまらなかった。そのため、アメリカ人学生が無料で勉強できるイタリアの大学に合格するやいなや、インディアナ州を飛び出した。故郷に戻る気はなかった。父親の制御不能の残酷さから、母親の支配から、やっと逃れられたのだから。

傍目《はため》には郊外に居を構える仲のいい家族だった。けれど、内実はかなり違う。人が本性をどれだけ隠せるか、ポリーは知っていた。

けっして弱みを見せたくなかった。なぜなら、弱みにつけこまれる恐れがあるからだ。そのため、ポリーは家族間の駆け引きを見て得た知識を使い、自分の周囲に難攻不落の要塞を築いた。

イタリアに到着したとき、ポリーは迷ったり混乱したりしないよう気をつけた。過去に何千という美しい場所を訪れた旅行者のように振る舞おうと最善を尽くした。無防備に心を開いたりしたらどんな目に遭うか、身をもって知っていた。

大学ではそうやって、つまり堂々と振る舞い、適切な距離をおいて、人々とつき合い、友だちもできた。〈サルバトーレ・メディカル・テクノロジーズ〉でインターンシップに就くことができたのも、そうやって人脈を広げてきたおかげだった。特にテクノロジーに興味があったわけではない。世界的規模の会社の内情に興味があったのだ。ポリーは見かけがどのように機能するかに深い関心を抱いていたため、マーケティングについて学んでいた。マーケティングとは、まさに商品の見かけが消費者にどう受け取られるかを調査することだ。そうでしょう？

彼女はその道の達人だった。

ポリーはまた、人を瞬時に見極める達人でもあった。彼女の生まれ育った家では、それはまさに生き延びるための手立てにほかならなかった。彼女は一瞬で人の気分の変化を読み取ることができた。今日《こんにち》の自分の成功を両親の手柄にはしたくないが、人の気持ちを読み取る読む能力が自分をここまで成長させたことは間違いないと感じていた。

〈サルバトーレ〉に初出勤した日のことはぼんやりとしか覚えていない。ポリーがはっきりと覚えているのはルカ・サルバトーレを初めて見た日のことだ。

彼は無慈悲に水を切り裂く鮫《さめ》のような表情を浮かべ、すばらしく近代的なビルに入ってきた。黒のスーツは絶妙に仕立てられ、広い肩幅と引き締まったウエストを際立たせていた。身長は百八十センチを優に超えている。だが、取り巻きの人たちと彼を明確に区別しているのは、体格と身長だけではなかった。彼の顔は堕天使さながらだった。

黒い髪は額から頭頂部へと丁寧に撫《な》でつけられ、一筋の乱れもなかった。顎は四角く、まるで石から削り出したようで、頬骨はくぼみ、高い鼻は角ばっている。まさにローマ皇帝を彷彿《ほうふつ》とさせた。

彼の黒い目がポリーに向けられることはなかったが、もし向けられていたら、体を真っ二つに切り裂かれていただろう。そして、彼の口ときたら……。

ポリーは男性の口のことなど考えたこともなかったが、彼の口はこの上なく魅力的だった。毅然《きぜん》として妥協を許さない雰囲気があり、ポリーはふと思った。彼にほほ笑んでもらうにはどうしたらいいかと。

結局のところ、ポリーは他者の機嫌をとることに長《た》けた人間なのだ。

ポリーは彼の気分をよくしてやりたいと思った。それは一瞬の、そして痛みを伴う恋だった。

こんなふうにまたたく間に誰かに惹《ひ》かれたのは初めてだった。ルカ・サルバトーレほど美しい男性を見たのも初めてだった。

そのあとすぐに判明したのはルカの人柄がその外見と釣り合っているということだった。

ポリーが知る限り、彼は最も気難しい男性だった。最も恐ろしい男性というわけではない。ルカは人を傷つけるタイプではなかった。彼はただ、自分の世界に生きているにすぎない。そして彼の世界で唯一重要なのは、目標を達成することだった。彼は甘言を退け、妥協を排した。

ポリーはこれまで、ルカが意のままに社員を解雇し、ほぼ達成不可能に近い成果を求めて部下を恐怖のどん底に突き落とすのを見てきた。そして、それこそが彼女が現在の職にありつけたきっかけだった。彼が秘書の一人を解雇したとき、ポリーはたまたまその場に居合わせたのだ。

ポリーは、安堵《あんど》とショックの表情を同時に浮かべる人を見たことがなかったが、サルバトーレの下で働くようになってから、よく目にするようになった。解雇された秘書は、足早に去るとき、間違いなくその両方の表情を浮かべていた。もうルカと関わらなくてすむという安堵と、解雇されたショックを。

そのとき初めて、ルカはポリーを見た。案の定、体を真っ二つに切り裂かれたような気分に陥った。

彼が鬼のような人で、どんなに気難しいか知っていたにもかかわらず、ポリーは彼の美貌に息をのまずにはいられなかった。黒い眉の間に寄せられたしわをはじめ、顔のすべての線に彼のいらだちが表れていた。彼女は一瞬、自分の頭にルカの鉄槌《てつつい》が振り下ろされるのではないかと怯《おび》えた。私が次の犠牲者になるのだと。

ポリーは、自分が簡単に彼の手で破滅させられることを知っていた。ルカは簡単に彼女の人生を奪い、彼女を支配することができるのだ。だから、常にそのことを警戒していなければならなかった。

〝きみの名前は?〟

〝ポリーです。ポリー・プレスコット〟

ルカは彼女をじっと見た。スキャンしているかのように。〝秘書として働いた経験はあるか？〟

〝はい、私はインターンで、必要とされればどなたのお手伝いもします〟

〝すばらしい。きみを採用する〟

〝どういうことでしょう？〟

〝ポリー・プレスコット、きみはたった今、僕の秘書になった〟

〝でも、学業が――〟

彼は笑った。〝きみが勉強を続けながら、我が社で実務経験を積めるよう、万全の手配をする〟

自分の思いどおりにしないと気がすまないルカの気性に、ポリーが初めて接した瞬間だった。

雇用契約は、これまで見たことも聞いたこともない、ばかげたものだった。彼女は単なる正社員ではなく、呼び出しに常に応じなければならないオンコール勤務の社員だった。一日二十四時間、週七日。そのため今も、真夜中だというのにこうしてやってきたのだ。

ポリーはエレベーターに暗証番号を入力し、ルカのペントハウスに向かった。

入るたびにこの建物の内装の美しさに感動を覚えていたのはずっと昔のことだった。

彼に対しても同じことが言えたらいいのに……。

実際は、ルカは毎回、ポリーの息を止まらせた。毎日、長い時間、彼と会っているにもかかわらず。

幸い、彼が信じられないほど扱いにくい男性であるがゆえに、彼への思いがロマンティックなものへと発展することはなかった。

実際、ポリーが彼に抱いているのは欲望であって、もどかしくはあるものの、致命的ではなかった。確かに、起きている間はそのことで頭がいっぱいだが、自覚している以上、問題はないはずだった。

そして、おそらく近いうちにまったく問題ではなくなるだろう。

ポリーは二週間前、気まぐれでミラノにある大手ファッションメーカーのマーケティングの職に応募した。電話がかかってきたときは驚いたが、先方は彼女が五年間ルカの秘書をしていたことに興味を抱いたらしい。それから三回の電話面接を経て、希望すれば採用するとの連絡を受け取っていたのだ。

彼女個人の能力や魅力より、ルカ・サルバトーレの個人秘書《PA》としてほかの誰よりも長く勤務していることを評価されたことに、ポリーは複雑な気持ちに駆られた。それほどにルカは有名人だった。

確かに、ルカの会社が医療用ナノテクノロジーを駆使して成し遂げたものは画期的だった。しかも、その成果の多くをもたらしたのはルカ個人であって、彼が雇った技術者のチームではなかった。彼は自他共に認める天才だった。

ルカはまた、地球上で最も気難しい男の一人として世界中に知られていた。

それは才能の代償なのだ、とポリーは考えていた。自分がこんなにも寛容で、慈悲深いとは。

けれど今夜、彼女はさほど慈悲深くはなかった。

事実上、ポリーは彼のナニーだった。ルカと、彼を取り巻く人たちとの間を取り持つ役割を担っていた。彼は面会予定の人たちに対して礼儀正しく言葉をかけられない日もあった。そんなとき、ポリーはルカに代わって彼らに連絡を取ることが多かった。

食事や衣類の調達、ホテルの部屋を彼の要求どおりであるかを確認するのもポリーの役目だった。大きなイベントの際はしばしば先乗りしてルカの宿泊の準備をした。彼はポリーだけを相手にすればよかった。

それが重要な仕事に集中できる唯一の方法だと、ルカは繰り返し強調していた。重要でないことにかかずらうのは最小限にとどめ、時間を有効に使うためだ、と。

必然的に、ポリーの仕事は重要でない物事の処理に集中していた。

エレベーターが最上階に到着すると、彼女は深呼吸をして気を引き締めた。エレベーターを降りて控え室に入り、カードキーでドアを開けて室内に足を踏み入れる。そして、声をかけた。

「ルカ、来たわよ」

ポリーは最初、彼のことを〝ドクター・サルバトーレ〟と呼んでいたが、仕事を始めてから三週間目に〝ルカ〟と呼ぶことを許された。

それは奇妙なことだった。今もそう思う。

「こっちだ。僕の部屋だ」

声を聞いただけで、ルカが不機嫌なのがわかった。もっとも、真夜中に電話をかけてくるときはいつも不機嫌だったが。ポリーの知る限り、彼は時間の過ごし方が誰よりも奇妙だった。ときどき、彼女はルカがまったく寝ていないのではないかと思った。毎日の終わりに二、三時間、自分を壁のコンセントにつないで充電している——そんな光景が脳裏をよぎることさえあった。もしかしたら、数分間頭を外して充電器につないでいたかもしれない。

今、ポリーは黒い大理石のタイルの上で靴音をたてながら、広大なリビングエリアを横切り、彼の寝室に入った。

ルカがウォークインクローゼットから出てきた。黒いズボンを腰ばきではいているだけだ。その姿を見たとたん、彼女の脳はショートした。

広い肩に、鍛え抜かれた大胸筋と腹筋。もし彼に触れたら、肉や骨ではなく、鋼鉄でできていることがわかるだろう。とはいえ、ポリーは一度も彼に触れたことがなかった。

今さら、彼の寝室にいることが意味を持つはずもない。上半身裸の彼を見てもなんともないはずなのに、彼の胸毛には卑猥《ひわい》なほど性的な趣があった。ポリーはそれを無視できそうになかった。

ルカ・サルバトーレは彼女より十歳も年上で、彼女のボスでもあった。

もし医療関係者に彼への執着を告白したら、ポリーは臨床的に〝ファーザー・コンプレックス〟と診断されるに違いない。その執着心を抑えることはできなかった。しかし、何度自分に言い聞かせても、その執着心を抑えることはできなかった。残念ながら、性的な執着の対象が常にそばにいる限り、その執着心を消し去るのは不可能だと、ポリーは達観していた。

「何をしているの？」ポリーは尋ねた。

「スーツを選んでいるんだ。明日の夜のスピーチに備えて」

「それを今やらないといけないの？」

「そうだ」そんな質問をするポリーを見下すかのようにルカは言い放った。「スピーチの練習をしないとだめなんだ。明日の夜と同じ会場で、まったく同じ格好で」

「今この瞬間に会場でリハーサルをするなんて無理よ」

「僕の場合、すべて同じ条件下で練習しないと、意味がないんだ」

彼の無茶な要求に、ポリーは忍耐力が砕け散るのを感じた。シンガポール・サミットの準備作業が多忙を極めているうえ、ルカにいつも以上の無理難題を吹っかけられ、彼女の脳裏を〝転職〟という言葉がよぎった。けれどすぐに、考え直した。

なぜなら、ポリーの人生はルカを中心にまわっていたからだ。ルカから離れようと思ったこともあるが、彼のいない人生を考えると、身動きがとれなかった。けれど、それはあくまで欲望のせいだ、とポリーは自分に言い聞かせてきた。

悲惨な幼少期を送ったせいで、私にはあらゆる面で防御力が備わっている、とポリーは自負していた。

だが、実際は……。

そう、ルカに執着していたせいで、転職など考えもせず、自分の持つ可能性に気づかずにいたのだ。

なお悪いことに、ルカを見るたび、胸が痛んだ。

どうして？

その理由をポリーは知りたくなかった。

今、ルカはいらだっていて、ポリーが疲れていることなど気にも留めなかった。彼女が動揺していることも。

ルカが気にするのは彼自身のことだけだ。

ポリーは結局、ずっと忌避してきた立ち位置に自分を置いてしまったのだ。

ルカは人を操るような人間ではない。その点で、ポリーの両親とはまったく違う。けれど、根源的なところでは、ポリーにとってルカは両親と同じと言ってよかった。見返りはないとわかっていながら、彼女が一方的に気にかけているという点で。

そんなことは二度としないと誓っていたはずなのに、ポリーは他者の要求に合わせて、自分の人生をねじ曲げてきたのだ。

そして、一歩引いて、いつも自分の思いどおりに物事を進めるゴージャスな億万長者に多少なりとも同情する点があるとすれば、ナノテクノロジーとは何かさえ理解できない者に自分の考えを説明しなければならないということだった。それがいかに彼にフラストレーションを与えているかは、想像するまでもなかった。

とはいえ、彼に同情の念を寄せるのは難しいし、今のポリーにはそうする必要もなかった。なぜなら転職を考えていたからだ。真夜中に寝室に呼び寄せ、半裸の状態でスーツ選びを手伝わせようとしているボスに、なぜ同情しなくてはならないの？

ポリーはルカを恐れていなかった。恐れたことは一度もない。実際、それがきみを高く評価する理由の一つだ、と彼は何度も言っていた。

完璧を求め、妥協を許さないボスに、そしてきわめて愛想のないルカに、ポリーは常に明朗快活に接した。しかも効率的に。

ルカが過去の秘書たちに対して抱えていた不満の大半は、彼のために働く重圧に耐えかねて壊れてしまうことだった。それだけに彼はポリーの気骨を高く評価していた。

もっとも、今、ルカがその気骨を評価するかどうかは疑問だった。

「ルカ、今は真夜中よ。スピーチのリハーサルのためにスーツ選びを手伝わせようとするなんて信じられない」

「なぜだ？　それこそが僕だと心得ているはずだ」

問題は、これまでは彼に反論することさえできなかったことだ。しかし今、ポリーは反論を試みた。

「でも、こんなことは不合理だと、あなたもわかっているはずよ」

「不合理なものか。きみの雇用契約はオンコールだ。忘れたのか？」

「そうは言っても、普通の雇用主なら従業員にこんなことはさせないわ」

「僕が普通の雇用主であるかのようなふりをしたことが、これまであったか？　僕のような人間はまずいない。きみも知ってのとおり」

「ええ、ほかにはいないでしょうね」ポリーは寝室の金色の天井を見上げながら、あきれたように言った。「あなたみたいな人が、この世にもう一人存在したら、世界は崩壊しかねないもの」

「正直さは結構だが、その態度は感心しないな」

「ごめんなさい。夜中まで一緒にオフィスにいたのに、午前二時に起こされたから。やっと寝られると思ったところで呼び出されたうえ、あなたは普通の人ならありえない頼み事をしている。しかも半裸で。

あなたはロボットよ、ルカ。私はこの五年間、そんなあなたに我慢してきた。でも、もう終わり」

「何を言っているんだ？」

ポリーは岐路に立たされていた。彼女は、このままこの職にとどまろうという誘惑に駆られていた。このままルカと一緒に仕事をしたいと。自分の夢を追いかけるのではなく、彼の言いなりになる個人秘書のままでいたいと。

けれど、その誘惑をポリーは断ち切らなければならなかった。なぜなら、今ここで自分の夢を犠牲にしたら、これまでの人生が無意味になってしまうからだ。「辞職します」きっぱりと言う。

「冗談はやめてくれ。きみは辞めない」

「いいえ。あなたはこれまで、非を見つけては何人もの秘書を解雇してきた。私が雇われ続けてきたのは、私にこれといった欠点がなかったから。でも、私はあなたに欠点を見いだした。だから辞めるんです。今すぐ家に帰って寝ます」

「だめだ。辞職は認められない」

「いいえ、辞めます。すでに別の仕事を見つけたから、あなたの下で働き続ける必要はない。今度はマーケティングの仕事よ。あなたの専属の家政婦みたいにこき使われるのは、もううんざり」

ルカは憤慨したように見えた。これまでそのような表情を見たことがなかった。もちろん、彼が怒っているのを見たことは何度もあるが、今の表情は怒りとは微妙に異なっていた。

「来週、シンガポールで医療技術サミットがある」

「ええ、承知しているわ。細部までお膳立てしたのは私ですから。プレゼンター、会場関係者、宿泊先のスタッフ――彼ら全員と連絡を取り合って」

「だからこそサミット前に辞めることはできない」

「できます」

「できない。契約書にあるように、辞職する場合は二週間前に通告する義務がある」

ルカはサミットのことしか頭にないのだ。私の心中に思いを馳《は》せることも、秘書に対する扱いを省みることもなく。「地獄に落ちるといいわ」ポリーは罵り、彼に背中を向けて出ていこうとした。

ようやく。もうルカに会うことはないのだという後悔の念を無視して、勝利と自由を謳歌《おうか》しかけたとき、彼が口を開いた。

「もし二週間前に通告するという義務に従わないなら、二度とほかの場所で働けないようにしてやる」

ポリーは振り向いた。「仕事はもう見つけたの」

「いとしい人《カーラ》、もしその仕事を奪う力が僕にはないと思うなら、五年間も一緒に働きながら、きみは僕のことを何も知らなかったことになる。たった二週間だ。それさえ我慢できないなら、きみのキャリアは終わったも同然だ」

2

怒りに駆られ、視界が赤い靄《もや》で覆われた。事もあろうに、ルカを怒らせたのはポリーだった。

彼女は個人秘書《PA》だった。あらゆる面で完璧なポリー・プレスコットはかつてないほど彼を魅了した。

ルカが最初に仕事を任せたとき、彼女は十九歳だった。その無邪気さとあらゆる面での未熟さは、彼を見るたびに見開かれる大きな青い瞳に表れていた。

なぜほかの者たちがポリーを年上のように扱うのかルカは理解できなかった。見かけによらず彼が考える以上に経験が豊富なのかもしれないとも思ったが、ルカの目には、大都市に初めてやってきた田舎の少女にしか見えなかった。

彼女はハングリーだった。そのハングリー精神を見込んで、秘書に抜擢《ばってき》したのだ。彼女はまた、けっして物怖《ものお》じしなかった。

ルカは自分の思いどおりに物事が進むよう望み、ミスを許さないし、人を甘やかすこともない。ポリーはそのことを本能的に察しているように見えた。

彼の私生活において管理が必要なものはすべて、ポリーが担当していた。彼女はそれをいとも簡単にやってのけた。現時点では、彼に頼まれるまでもなく、ポリーはそうしていた。彼女が直感的にやっていることを、ほかの誰かに習得させるという発想はルカにはなかった。とりわけ、医療技術サミットや、臨床試験段階に入りつつある研究の発表が間近に迫っているこの時期は。

母親はルカの唯一の理解者で、ありのままの彼を愛してくれた。母親がいなくなったとき、彼はすべてを失い、自分自身を見失いかけた。

息子を受け入れてくれた母親とは対照的に、父親は息子を変えようとした。

ルカは大いなる執着心と集中力を持つ子供だった。母親はそれを見抜いていた。彼が興味を持った物事はなんでも、それを学ぶのを手伝った。たとえば、車なら、可能な限りおもちゃの車を買い与え、さまざまなエンジン、メーカー、モデルについて教えた。

父親はそれを嫌っていた。彼は、興味のあることに過度に集中するのは、心が弱い証拠だと考えていた。そして、ルカに学校の友だちがいないことを恥ずかしく思っていた。一方、母親はルカに、周囲になじめない人間は、より多くの人がよりよくなじめるように世界の形を変える使命を持っているのだと、事あるごとに説いていた。ルカはそうした母親の考え方が好きだった。自分には合わないと感じたとき、彼は周囲が変わっていく姿を想像した。すると、気持ちが楽になった。

そんなわけで、自分は両親の間に緊張をもたらす存在だと、ルカは自覚していた。

九歳のとき、母親は病に倒れ、完治の見込みのない末期の卵巣癌《らんそうがん》と診断された。彼女が医師に症状を訴えても無視され、病気が発見されたときには手遅れだった。その結果、ルカの人生は破壊された。新たな目標を見つけるまでは。

新たな目標、それは医学だった。

病気、特に女性の病気に関して、医学界はあまりにも長く慢心に陥っていたと考え、ルカはできる限りのことを学び始めた。技術と人体について。そして、両者がどのように助け合えるか。

長年にわたり、多くの画期的な進歩が見られたが、ルカが望んでいたものはまだ存在しなかった。

しかし今まさに、ルカは卵巣癌の早期発見に必要なもの——血液検査やCTスキャンよりはるかに多くの情報を提供できる簡便かつ正確な技術を手に入れようとしていた。この技術が完成すれば、ステージ1の段階で病巣を発見することができ、毎年の健康診断に組み入れることも可能になるのだ。

この技術の存在が明らかになれば、支援者や研究者の大きな関心を集めるに違いないが、ルカは新しい医療技術を普及させるにはさまざまな課題を抱えていることを知っていた。それを解決する方法を探るためのサミットだった。

そして、サミットを成功させるにはポリーの力が必要だった。サミットのあとに何が起ころうとかまわないが、今は彼女を手元に置いておくために、ルカは全力を尽くすつもりでいた。

「五年間、誠実に働いてきた人間にそんなことを言うなんて信じられない」ポリーは食ってかかった。「五年間、きみを雇い続けた人間に、これほど重要な時期にいきなり辞めると通告するなど信じられない。無責任にもほどがある。きみはもっとまともな人間だと思っていた」

「ルカ、あなたの言いなりになるのはもう限界なの。これまで辞職に少しの罪悪感も湧かないくらいに。これまで私はあなたの言うとおりにしてきたわ」

「なぜ、いきなり我慢の限界に達したんだ？」

「ほかに行くところが見つかったからよ。あなたはこの五年間、理不尽で、融通がきかず、鬼のようだった。けれど、将来やりたいことのために経験を積むには、ここがベストだとわかっていた。だから我慢できたのよ」

「今、僕の頼みを聞いてくれるなら、きみのこれからのキャリアにおいて、僕はかけがえのない保証人となるだろう」

そう、ルカ・サルバトーレは融通がきかなかった。

そもそも、風に流されるような軟弱な人間では、ルカが手がけている高水準の研究を続けることはできない。彼の仕事には集中力が、一途《いちず》さが必要だし、
ある程度の利己主義が必要だった。

幸い、ルカはそれらの条件を満たしていた。

父親はルカを困惑させ、いらだたせた。自分は気難しい子供だったとルカは自認していた。けっして満足せずに、さらに上を目指すことに執着した。父親が一人で息子に相対することを余儀なくされた時期があり、二人の仲がぎくしゃくしたこともあった。

おまえほどの変人は世渡りなど無理だから、このままでは何も成し遂げられないだろう――そう父親に言われたこともあった。

だからルカは自分の道を切り開いた。それだけではなく、世界を変えようとしていた。父親から成功の妨げになると言われていた特質こそが、彼に成功をもたらしたのだ。

ルカは変わる必要はなかった。その代わり、自分を取り巻く世界を変えられるだけの力を求めた。

そして、それを実践してきたルカは、自分の性格

や人格に関する批判を受け入れなかった。

「僕はきみに、契約書に明記されていないことを頼んだことがあるか？」

「契約書には、あなたが上半身裸のときに、私があなたの家に出向いて相談事に乗る可能性については、まったく言及されていないわ」

「そのことに動揺しているようだな」

ポリーは彼を見つめ、頬をわずかに染めた。僕の裸を見て動揺しているのだと確信し、ルカは困惑を覚えた。というのも、彼女の美しさに初めて気づいて以来、自分に言い聞かせてきたからだ。ポリー・プレスコットは僕の秘書であり、けっして手を出してはならない、と。

彼女を雇ったとき、ルカがすぐに考えたのは、いつまで勤まるかということだった。彼の秘書は入れ替わりが激しいからだ。だが、ポリーはその悪循環を断ち切った。彼女は彼のただ一人の個人秘書《PA》となった。まるでスイス軍御用達の多機能ナイフ《スイス・アーミー・ナイフ》のような能力の高さゆえに。

四年前の五月二十四日の夜のことを、ルカははっきりと思い出すことができた。エスプレッソを手渡そうとしてポリーが身を乗り出したとき、オフィスの明かりが彼女のブロンドの髪をとらえた。午後三時半だった。

そのときルカは、これまでに経験したことのない渇望感にとらわれた。

プロジェクトに没頭しているときに食事をするのを忘れる場合があるが、セックスも忘れることがある。しかし、食欲と同じく、性欲もいつかは満たされなければならない。ルカはいつもそう考えていた。

ルカにとって、セックスは実用品であり、必需品なのだ。だからこそ、自分が設けたセックスに関するルールを守るのは簡単だった。そのルールの一つが、部下を誘惑してはいけないというものだった。

ポリーは彼の部下で、しかもきわめて重要な存在だった。つまり、そのときに感じた激しい渇望感は封印しなければならず、実際に彼はそうした。彼女への欲求のあまりの強さにルールを破りたくなるときもあったが、行動に移すことはなかった。

ルカがポリーを見て、彼女が同じように感じていることに気づいたのは今回が初めてだった。

彼女はいつも目を輝かせ、効率的で、現実的だった。ポリーに惹《ひ》かれていることは認めていたが、彼女自身の魅力や欲望について考えたことはなかった。彼女を一人の人間として意識したことはなかった。

彼女は……愛らしい道具だった。

そして今、ポリーはかわいらしく顔を赤らめ、少しは彼女の気持ちを考えるよう、辞職について二週間の猶予を求めた僕に要求している……。だが、この件に関しては一歩も譲れない。

「きみは自分の仕事を続けてくれ。それについては議論の余地はない」

ポリーは青い目をぎらつかせた。激怒しているのは明らかだ。

「二週間あげるわ、ルカ。それ以上は一日もやらない。つまり、サミットが終わった翌日には、私はイタリアに戻り、二度とあなたに会うことはない」

「きみは自分の物語にのめりこみすぎていて、僕がきみに何を与えたか、すべて忘れてしまったようだ。僕たちは二人とも、きみが洗練された女性ではないことを知っている。ポリー・プレスコットはきみが装っているような人間ではないと。僕がきみを雇ったとき、きみにはまったく職歴がなかった」

「当たり前でしょう、私は学生だったのだから」

「そして立派に卒業した。だが、多くの人が学位を持っていることを忘れないでくれ」

ポリーはさらに憤慨したようだった。図星を指されたからだろう。

「現在の私のキャリアの最大の特徴は、ボスがとんでもなく理不尽だということね」

「こんな重大な時期に従業員が職場を放棄するのを簡単に許すボスがいるだろうか？」

ルカには、今度のサミットが自分にとっていかに大切か、個人的なこと――亡き母親のことを持ち出して話す気はなかった。そんなことはどうでもいい。

「それが問題なのよ。ボスだからといって、何をやっても許されるというものじゃないわ。従業員はボスの所有物じゃないんだから。それが一般的な理解なのに、あなたは私をそのように扱っている」

「だが、雇用契約では――」

「あなたにとって私はそれだけなのね。そして、私への指示や要求が非合理的であろうと非人間的であろうと、あなたはまったく気にしない。当然ながら、私が辞めたい理由もね」

「きみは自分で言ったじゃないか。ずっと秘書でいる気はないと」

「少し違うわ、ルカ。永遠にあなたの秘書でいるつもりはないと言ったの」

ルカはほほ笑んだ。もうお手上げだ。「ポリー、きみは僕を傷つけたいのか？　僕が気難しいと言ったのはきみが初めてじゃない。僕は不愉快だと？　そんなことはわかっている。だが、気にしない。僕が気にしているのは、目指す仕事をやり遂げることだけだ。友だちも、妻も子供もいらない。僕の望みは人々の命を救うこと、それに尽きる。その領域において、僕は非情だときみが感じるなら、受け入れざるをえない」

ポリーは葛藤しているように見えたが、反論はしなかった。「あと二週間あなたの下で働くけれど、その間、私が明るく接するとは思わないで」

「もちろんだ。僕がきみに求めるのは従順さであり、元気づけや慰めではない」

3

次の一週間は、意志の強さを試される毎日となった。幸い、ポリーにはそれに耐えうる意志の強さを充分に持っていた。ただし、仕事の実態はと言えば、ルカがわざと難癖をつけているとしか思えないものだった。ほかの人だったら、こう思ったに違いない。彼は自分のもとを去ろうとする彼女を罰するために、可能な限り不快な仕事を押しつけることに傾注しているのだ、と。

ルカ・サルバトーレは、そんなつまらないボスではなかった。実際、彼が意地悪をしているところを、ポリーは一度も目撃したことがなかった。彼は、本当に必要な物事しかしない男だった。

厄介なのは、ルカにとって必要と思われることが、ほかの人たちにとっては必ずしも必要とは思えないということだった。

ポリーも例外ではなく、それゆえ真夜中のスーツ選びを巡って揉《も》めたのだ。

とはいえ、ほかのボスなら、非を認めさせるために、あてつけがましく秘書に迎合したり、逆に辛辣に振る舞ったりするだろう。だが、ルカはあくまでルカだった。サミットに向けての準備期間中、いつも以上に彼らしく振る舞い、仕事に精力的に取り組んだ。

ルカ・サルバトーレ効果……。ポリーはおそらく、この仕事を終えたあと、その気になれば自分の脳に関する医学的な研究に取り組めるだろう。そして、もしかしたら〝ルカ・サルバトーレ効果〟が学会で正式に承認されるかもしれない。

長期間ルカと接したとき、人に何が起こるのか。

もし医学的に認められれば、ルカも自省し、それが新たな成長の一助になるかもしれない。

彼女は思わずほほ笑みそうになり、ぐっと抑えた。

ポリーはぼろぼろだった。絶対に辞めると固く決意していた。

彼女は新しい仕事を夢想していた。そこで得られる自由について。通常の勤務時間で働く自由。あるいは、二十四時間のオンコールではなく、ほんの少しだけの残業ですませられる自由。

そして、勤務時間以外は、一瞬たりとも上司のことを考えないでいられる自由。

今もポリーは、自分のアパートメントで電話をかけたり、シンガポールのホテルと細かい打ち合わせをしたりしながら、ルカのことを考えていた。

シンガポールに到着したら彼の部屋のしつらえを確認し、ほかに何が必要なのか。

到着したら、彼はさらに気難しくなるだろう。なぜなら、スピーチが控えているうえ、環境の変化、研究からの一時的な離脱に直面するからだ。もちろん、自分の研究について話すために。

さらにポリーは、辞意を告げたときのルカの姿に思いを馳《は》せた。むき出しの胸。彼の目に宿る怒りの炎。その組み合わせが彼女の脳を占領した。

単なる仕事の問題ではなく、あまりにも多くのことが絡まり合っていた。生き残ること、夢を実現すること、そしてルカへの愛着だ。

それが何より悩ましかった。彼は最悪だった。ポリーはそれを知っていたし、感じていた。ルカは理不尽だった。まともなボスなら従業員に期待しないようなことを、彼は期待した。なのに、ポリーは彼に好感を抱いていた。ある意味、ルカやその奇行に対し、いとしささえ感じていた。

そのうえ、彼は本当にハンサムだった。そのせいで、ポリーの目がほかの男性に向けられることはなかった。この五年間、ルカは彼女のすべてだった。

今の彼女は自分の人生を変えることに集中しすぎていた。自分にとってよりよい人生を築くことに。そして、それが彼女を励まし、ルカが突きつける無理難題をすべて受け入れさせてきたのだ。

しかし、本当の問題は彼とは関わりのないところにあった。ポリーはこれまでの自分から逃れたいと念じていた。両親と決別するために。自分の人生を自分でコントロールするために。

ルカは暴君だが、奇妙なことにポリーは彼の人生をコントロールしていた。彼の日常生活のすべてを管理し、しばしば彼に適した環境を整えた。彼女は言わばクルーズ・ディレクターだった。

おそらく、それが現在のポリーの最大の問題なのかもしれない。彼女は重大な変化の瀬戸際にいた。人はたいてい変化を歓迎しない。たとえそれが自分が望んだ変化であろうと、不可避な変化であろうと、変化は恐ろしいものだからだ。

ポリーはローマを離れるつもりだった。この五年間は彼女の故郷だった街を。

アメリカを離れたのは初めてだったが、少しも恋しいとは思わなかった。戻る気もしなかった。この数年、ポリーの拠点はここローマだ。現在のアパートメントに住んで三年になる。

それが彼女の決意を鈍らせた。

ポリーは今、自分が知っているすべてを捨てようとしていた。それだけに、不安は大きかった。

ルカのせいではない。

自分が彼に対して優しい感情を抱いているとは認めたくなかった。彼はこの世で最も理不尽な人間だからだ。

なのに……。

ルカはポリーのことを少しも気にかけていなかった。この一週間、彼の行動になんの変化もなかったことが、それを如実に物語っている。彼はポリーの引き止め策を何一つ講じなかった。最初に辞職の話をしたとき、ルカは動揺した。変化を好まないという点では、彼はチャンピオンだった。

けれど、それはポリーとはなんの関係もなかった。彼女にそばにいてほしいとか、彼女のことを気にかけているとか、そんなこととは無関係なのだ。

ポリーも同様だった。ルカのことなど気にかけていなかった。彼女はただ、自分の人生に執着しているだけだった。

シンガポールに出発する日、彼女はギロチンが今にも落ちてきそうな気がした。なぜなら、これが文字どおりルカとの最後の仕事になるからだ。

ああ、私はこのあとしばらくシンガポールに滞在する手配をしておくべきだった。一つの仕事が終わり、別の仕事が始まるまでのわずかな時間を有効に使うために。今まで見たことのない世界の一部を探検し、新たな経験を積むために。

つかの間、ポリーは完全な自由を手に入れたらどうなるか想像してみた。これまでの自分を忘れたら。ルカ以外の男性を見つけ、激しい恋愛をしたら……。

ポリーは即座にその想像を断ち切った。私らしくない。

彼女は主義主張から純潔を守ってきたわけではなかった。ただ……。

あなたは彼のことで頭がいっぱい。心の声が口を挟んだ。

でも、それだけが理由だったのだろうか？　ポリーは自問した。なるほど、ルカはセクシーで、ほかの男にはないゴージャスさがある。彼の魅力は桁外れだけれど、私が恋人をつくらなかった唯一の理由と言えるほどではなかった。事実、私は彼に恋心を抱いてはいない……。

ポリーはまたも物思いを断ち切った。まもなくルカが搭乗してくるからだ。

彼女はプライベートジェットの中で忙しく働きまわり、すべてが順調であること確認していた。ルカの好きな食べ物や飲み物が用意されているか、室温は適切か。

ただ、今になって不具合が一つ見つかり、ポリーは客室乗務員に尋ねた。「ノートが足りないようだけれど？」

「二冊あるはずですが？」

「ドクター・サルバトーレの要求は三冊です。今回のようにフライトが三時間を超える場合は、いつもそうしているわ」

「彼は自分で持ってこられないの？」

ポリーは怒りがこみ上げるのを感じた。「ドクター・サルバトーレは、貴重な思考時間を自分のノートの在庫を確かめるのに費やさなくていいように、スタッフに給与を払っているのよ」

物事がルカの指示どおりでないとわかると、ポリーはいつも我が事のように憤りを感じる。それはとりもなおさず、何年もの間に彼女がある程度ルカに感化されているあかしだった。

客室乗務員はいぶかしげにポリーを見つめた。ポリーの言動にプロ意識以外の何かを見ているようで、ポリーはそれが気に入らなかった。「あなたは新人ね？」

そのとき、背後から重々しい足音が聞こえ、ポリーは振り向いた。ルカの姿を見たとたん、体が反応した。ほぼ毎日、彼を見ているにもかかわらず。

「ちょっとノートに問題があって……」ポリーはゆっくりと言った。「でも、すぐに解決するわ」

ルカは彼女から目を離さずに言った。「それならよかった」

すぐさまポリーは空港のコンシェルジュに電話を

かけた。「十五分以内にノートをドクター・サルバトーレの飛行機まで持ってきてほしいんです」彼女はノートの仕様を細かく伝えてから電話を切った。ルカはサイズ、材質、ページ数にこだわりがあるからだ。「すぐに届けてくれるそうです」

ルカは短くうなずき、機内の後方にある寝室へと姿を消した。

ポリーが息を吐くと、客室乗務員がきいた。「彼が怖いの？　だから、彼のノートの冊数なんかが気になるの？」

怖い？　この人は私がルカを恐れていると思ったの？　ポリーは顔をしかめた。「怖いわけじゃないわ。ただ、ドクター・サルバトーレは天才なの。彼の脳が医学の謎について自由に考えるためには必要なものがあって、三冊のノートもその一つ。まあ、私は仕事を辞めるかもしれないけれど……」

「つまり、今の仕事が嫌いなのね？　それとも、ボスが嫌いなの？」

これはもう、彼女と客室乗務員の奇妙な意地の張り合いだった。客室乗務員はポリーにルカの理不尽さを認めさせようと決心しているようだった。一方、ポリーは多くの点でルカは理不尽な男だと思っているが、彼女は彼の考え方や背景を知っていた。けれどそれを客室乗務員に言うつもりはなかった。

「ドクター・サルバトーレと彼の仕事ぶりに問題があるとあなたが考えているのなら、これが、彼と共に過ごす最初で最後のフライトになるでしょう」

そのときを見計らったかのように、ルカが寝室から出てきた。「ポリー、僕を弁護する必要はない。ありがたいと思うが。きみが僕のイメージをそんなに気にしているとは知らなかった。とはいえ、客室乗務員にどう思われようと、僕は気にしない」彼の視線はもう一人の女性に向けられた。「僕が従業員に求めるのは、きちんと自分の仕事をすることだけだ。できるか？」

客室乗務員は神妙にうなずいた。

それからほどなくノートが届けられ、飛行機は離陸するばかりとなった。

ポリーはルカと初めて会った女性の目を通して、今しがたの出来事を振り返った。

確かに絶対に三冊のノートが必要だと言われれば、いささか奇妙に思うに違いない。ポリーがそれを奇妙だと感じていないのは、ルカは常に三冊のノートを必要としていて、それが彼の特殊な習慣の一つだと知っていたからだ。

私はいつから彼のそのような習慣を理解するようになったのだろう？

本当は理解などしていないと思いたい。いつもと同じように自分の仕事をやり通しただけだと思いたい。結局、私は真夜中に呼び出されたことに腹を立てただけだったの？　そして、怒りの矛先が向けられたのは、ルカの要求のばかばかしさだったのか、呼び出された時刻だったのか、あるいは半裸の彼に動揺してしまったことなのか。

でも、知る必要はないでしょう？　内なる声が言った。だって、あなたは転職するのだから。

この一週間で初めて、ポリーは安堵《あんど》を覚えた。もしかしたら五年ぶりかもしれない。ルカに関する問いの答えを知る必要はなかったからだ。もう彼の人生の一部になるつもりがない以上。

でも、あなたは彼の人生の一部ではなかった。意地悪な心の声が指摘した。あなたは文鎮と同じようなものだったんじゃない？

ええ、そうよ、私は彼に愛用された文鎮。文鎮であることに変わりはないけれど。女ではなく。

ポリーはプライベートジェットの旅が好きだった。手放すのは寂しいが、彼女に贅沢《ぜいたく》は必要なかった。

重要人物になること、それがポリーの願いだった。

自分の人生の主人公になりたかった。物心がついて以来、家でそうなれたことは一度もなかった。常に両親が主役で、彼女は脇役であり、小道具だった。都合のいいときには使われ、そうでないときは無視された。そんな扱いに彼女はうんざりしていた。

両親のサポート役だったのだ。彼女は小道具だった。都合のいいときには使われ、そうでないときには無視される。彼らはメインキャストであり、重要なのは彼らだけだった。

ルカも同じだった。

彼は一つの視点しか持たないし、一つの生き方しか見えていない。そのため、それから外れるものはすべて、取るに足りないもの、つまり脇役にしかすぎないのだ。

長時間のフライトの場合はよくあることだが、二人は言葉を交わさなかった。彼女は持ってきた本を読み続け、ルカはそれぞれのノートに何かを熱心に書きつけていた。

「ノートをデジタル化すればいいのに」

ポリーは指摘したあとで、なぜそんなことを言ったのか自分でもわからなかった。彼女はただだからかっただけだった。何時間も彼と向かい合って座り、食べ、昼寝をしたあとでは、彼に何かコメントを求められている気がしてならなかったのだ。

「うまくいっているものを変える意味がわからない」ルカはノートから顔を上げずに応じた。

「ノートはかなりたまっているんでしょう?」

「ああ、無数に。それを整理するスペースもある」

「デジタル化すれば、検索もできるわ」

ルカは顔を上げ、まるで彼女の頭に角が生えたかのようにじっと見つめた。「どのノートに何を書いたか、すべて覚えている」

その返答には真剣さが感じられ、ポリーは困惑した。自分が膨大な量のどのノートに何を書いたのかすべて把握しているなど、彼女の理解を超えていた。そんな頭脳を持つ彼はどんな子供時代を過ごしたのだろうと考えざるをえなかった。当時から周囲の人たちから一目置かれていたのだろうか？

「あなたは昔からこんなふうだったの？」ポリーは思わず尋ねていた。

「〝こんなふう〟とは？　具体的に言ってくれ」

「あなたは何に対してもとても細かく、こだわりが強い。そして確信があり、その確信にはたいてい根拠がある。どうして？」

「五年間も一緒に働いてきたのに、今頃になってそんな疑問を口にするのか？」

「私はもうすぐあなたのもとを去る。そのせいかしら」時が迫っている、とポリーは思った。辞める前にルカのことを理解できなければ、私は自分自身を理解することも、この五年間の人生を理解することもできないだろう。

「その質問にはどう答えていいかわからない。ただ、僕はいつも僕だった。もっとも、幼い頃から医学に興味があったわけではない。十歳のときに母が亡くなり、それが僕の人生を変えたんだ」

ルカは淡々と打ち明けたが、その口調の根底には激しさがあった。

「悲しいことを思い出させて、ごめんなさい」ポリーはルカの両親について考えたことがなかった。なんとなく、ルカが大地から完全に成長した大人として生えてきたかのように思っていたのだ。子供の頃の彼を想像するのは不可能だった。

しかし今、ポリーは心の痛みに苦しむ十歳のルカの姿を想像していた。

「自分に何ができるか、僕は子供ながらに突き止めたいと思った。母のような死に方をほかの人たちがしないために。もちろん、ほかの人が死ぬのは防げても、母を生き返らせることはできない。どんな医学的発見をもってしても。当時の僕は失ったものを必死に取り戻そうとしたんだと思う」ルカは肩をすくめた。「今の僕はただ単に駆りたてられている」

従業員の多くがルカには感情がないと思っていた。けれど、それは真実ではないと彼女はずっと前から知っていた。ルカは自分の置かれた環境において自分が何を求め、何を必要としているのかに関し、非常に多くの感情を持っている。彼は厳格だったり、短気だったり、機嫌が悪かったりするが、それらすべてが感情なのだ。

しかし今、ポリーが目の当たりにしたのはそれ以上の感情――優しさだった。

ポリーは幼い頃のルカを想像せざるをえなかった。母恋しさのあまり、その驚異的な頭脳で母親を取り戻せると、彼は半ば本気で信じていたに違いない。

「お母さまが亡くなる前は、何を考えていたの？」

「おもちゃの車だ。たくさん集めていた」

「ご両親が買ってくれたの？」

「母が買ってくれた。父は不思議がっていたよ、変な子供だと。僕が夢中になって何かを集め、そのコレクションの詳細をすべて覚えていることを」ルカは笑みらしきものを浮かべたが、目までは届いていなかった。「そして、なぜか父は正しかった」

喪失と傷心を語る彼の険しく端整な顔を見て、ポリーは自分の中に同情の念が広がるのを感じた。

自分は違うという感覚。部外者。

その感覚をポリーはよく知っていた。自分はいつも外にいると感じていた。両親がとても気まぐれで、予測不能だったため、友人を家に呼ぶことができなかった。彼女は、外の世界と接するときは常に仮面をかぶっていた。普通の人生を送り、成長している人間になりすましていたのだ。母親からのすさまじい侮辱や、父親からの爆発的な怒りから身を守るために、自分を閉ざす術《すべ》を学んでいたのだ。

そして、常に周囲の状況を観察し、情報を取りこみながら、本当の自分をけっしてさらけ出すことはなかった。それがルカに対抗するための武器になるとポリーは考えていた。しかし問題は、ルカは両親と違って人を操るタイプではなかったということだ。

ルカはルカでしかなかった。そしておそらく、その表面的な無防備さが彼女の防護壁を突き破り、同情の念を呼び覚ましたのだろう。

「自分の子供に、どうして〝変な子供〟だなどと思わせたのかしら？」

「父は僕がそんなふうに何かに固執するのを嫌っていたんだ。父は曲がりなりにも成功した人だった。自分のようになることを父は僕に期待した。それで、僕を変える必要があると思ったようだ。父はセールスマンだったから、人脈がすべてだった。僕はそれが苦手だったが、自分なりのやり方で成功をつかんだ。父が重要だと考えていたことを学ぶ必要はない。自分の強みを生かせばよかったんだ」ルカはノートに目を落とし、それから彼女に視線を戻した。「たとえば、長時間のフライト中に、三冊のノートをアイデアで埋めるとか」

ポリーはため息をついた。「その件については議論するつもりはないわ」

彼女はもう一度、仮眠をとった。おかげで着陸する頃には充分な休息がとれていた。

二人は空港に待機していた車に乗りこんだ。ポリーは機内でのルカとの会話を振り返った。感傷に浸らないよう最善を尽くしながら。

子供の彼が、母親を亡くしたあと、自分のことを理解してくれない父親と暮らす姿を想像すると、ポリーは胸を締めつけられた。

もちろん、今のルカは天才的な億万長者だから、人々に理解されなくても問題はない。しかしそれでも、過酷な子供時代は彼の人生の一部であり、彼の特徴を形づくった要素であることは間違いない。

ルカはひどい上司だった。融通がきかず、完全に一本気だ。それでも、ポリーの両親とはまったく違った。それがおそらく、彼女がルカに愛情を、あるいはそれに近い何かを感じた理由なのだろう。

そのことに気づいたとき、心臓が跳ね、ポリーは急いで車窓に目を向けて気をそらした。

美しい建物、ほかの大都市にはほとんど見られない清潔な街並み。

これまで見た中で最も心引かれる街であり、自然のすばらしさと人工的な機能美の調和に、ポリーは感銘を受けた。ルカが医学に画期的な進歩をもたらすサミットをこの街で開くことにしたのももっともな気がした。ここは近未来さながらだった。

こと仕事に関しては、ルカはすこぶる聡明《そうめい》だった。その半面、人生に関するほかのことに関しては、あまりに疎かった。とはいえ、ルカは正直で、駆け引きはしない。だからこそ、ポリーは彼を恐れていなかったのかもしれない。多くの人が感じるような威圧感を彼に覚えたことはなかった。

ホテルに着くと、ポリーは一瞬、その壮麗さに気を取られた。彼女にとって、ルカの出張に同行するということは、贅の限りを尽くすことを意味していた。それでも、このホテルには度肝を抜かれた。

巨大な吹き抜けがあり、天井を支える光り輝く四角い柱には蔓《つる》が絡みつき、まさに大都会の真ん中にある自然を表現している。ロビーはモダンで洗練されていて、中央にはジャングルをそのまま移したようなガラス張りの空間があり、人々の目を引いた。

ルカは周囲にほとんど目を向けず、自分の部屋に直行した。サミットの段取りはもちろん、こまごましたことも含め、すべてポリーに任せて。

ポリーはまったく気にしなかった。忙しくしていたほうが、あれこれ考えなくてすむからだ。この種のイベントの差配は、彼女が最も好きな仕事だった。ルカの対人関係を円滑にすることが彼女の務めであり、それを楽しんでもいた。

彼女は自分が多くの点でルカのマーケティング担当であることに気づいていた。有益だと思う人と会うたび、彼を売りこんでいたからだ。ルカ自身は、自分を売りこもうとはしなかった。

彼の仕事は何もしなくても売れたが、彼自身となると、話は別だった。

時計を見ると、まもなくサミットの開会式が始まる時刻だった。オープニングを飾るスピーチは、もちろんルカの役目だ。彼のスピーチはいつも説得力があり、高く評価された。会場で人脈をつくる際には欠けているものが、壇上に立つと見事に補われた。ルカはとてもハンサムで、すこぶる魅力的な男性だった。うっとりするほど。

私は無意識のうちに、彼に偏見を持っていたのかもしれない。先週まで、ルカのことなどまったく気にしていなかったとポリーは確信していたが、いざ彼のもとを去るという段になって、彼女の思考はまったく別の方向に向いていた。

カードキーでドアを開けて彼の部屋に入ったとたん、ポリーは唖然《あぜん》とした。彼がタオルを腰に巻いただけの姿でバスルームから出てきたからだ。水滴が広い筋肉質の胸を滴り落ちている。たちまち欲望の矢が彼女の下腹部を直撃した。

なぜ私は、こうして続けざまに半裸姿のルカに遭遇する羽目になるのだろう。運命？　ついこの間までは一度もなかったのに。

「失礼」ポリーは謝った。赤面するのがわかった。

「気にするな」ルカは無造作に言った。彼女の狼狽《ろうばい》ぶりに気づかないかのように。

ボスは仕事一筋のように見えるが、ポリーは彼に愛人がいることを知っていた。彼が忙しすぎて手がまわらないときに、ときどきポリーが愛人たちの相手をしていたからだ。彼女の目には、ルカは彼女たちにいつも冷淡に見えた。

もっとも、女性と二人きりでいるとき、ルカがどんな感じなのかは、想像すらできなかった。

そもそも、バージンは上司がどのように女性と愛し合うかなど、想像するべきではない。

愛し合う？　いいえ、ルカが女性を愛することはない。けっして。彼はおそらく最初にそのことを相手に告げるだろう。身も蓋もない言葉で。

そんな彼なのに、ポリーは嫌悪感さえ抱かなかった。ルカ・サルバトーレは正直で、そのことには一定の評価を与えていい。とはいえ、今彼女が評価しているのは彼の正直さではなかった。

「プロ意識に欠けているわ」ポリーは言った。

「確かに」

ルカが一瞬、申し訳なさそうな顔をしたのを見て、ポリーは察した。私にとがめられたと彼が勘違いしたことに。

「いいえ、私のことよ。ノックするべきだった」

「きみが僕の部屋のカードキーを持っているのには理由がある。きみは僕の部屋に自由に入れる」

「それでも、あなたが服を着ているかどうか確認したほうがよかったかも」

「僕は乙女じゃない」

ポリーはぱっと彼を見た。「今のは冗談？」

「〝イエス〟でもあり〝ノー〟でもある。本当だが、おもしろいだろう？」

ポリーは思わず笑った。「まあね」

突然、二人の間の空気が張りつめた。

彼女はルカから目をそらした。「じゃあ、私は準備に取りかかるわ。会場で会いましょう」

「ああ、そうしてくれ」

4

ポリーの表情が頭から離れなかった。

彼女は僕の体を見ていた。先週、僕のペントハウスにやってきたときと同じように。

そう、ポリーは僕の体を意識していた。そして、彼女はもうすぐ僕の秘書ではなくなる……。

ルカは明確なルールを好んだ。それに従うのも。彼は多くの時間を人類や科学の謎の解明、人体の研究に費やしてきた。彼の人生にグレーゾーンはない。

ポリーは、触れるのを禁じられているものに手を伸ばす誘惑について理解する最初の窓口だった。

彼はそれを〝執着〟と呼んだ。必ずしも性的なものとは限らない。ポリーの服装や物腰、首をかしげたときの髪の揺れ方、さらには気分によって髪がどう変化するかを書き留めることまでは、禁じられていない。

執着――それがさらに発展することはありえない。なぜなら、ポリーが彼の秘書である以上、ルールを破って誘惑するなど絶対にあってはならないからだ。

ふいに近いうちにポリーが去っていくことが思い出され、ルカは改めて怒りに駆られた。その怒りには、禁断の欲望をかきたてる何かがあった。

彼が知っているような魅力とは明らかに異なる何かが。

ルカは女性が好きだった。丸みを帯びた体、その柔らかさ。しかし、特に好みはなく、ただ単に、いかにも女性らしい雰囲気を楽しんでいた。

だが、ポリーに感じているものはそれとはまったく違っていた。先週のあの夜以来、ルカは全身がうずくような感覚に悩まされていた。機内でポリーが彼を擁護したことにも奇妙な感覚を抱いていた。

とはいえ、ルカは気を散らされるような男ではなかった。だから、サミットの準備をしに行くというポリーを送り出し、身支度に取りかかった。

着るべきものはすでに選択済みだった。

ルカは常に、どのスーツがどのスピーチにふさわしいかを考慮して、着るものを選んでいた。そうした配慮を聴衆が理解しようがしまいが、どうでもよかった。彼にとっては、いかに一つ一つの細部がつながって全体を形づくるかが重要だった。その連鎖が一箇所でも断ち切られると、すべてが危険にさらされる――それが彼の考えだった。そして、その細部を完璧に扱えるのがポリーだった。

ルカはいずれも黒のシャツとネクタイとスーツを身につけながら、早急に彼女の代わりを見つけなければならない、と切実な思いに駆られた。

スピーチの練習はもう必要なかった。暗記は彼の得意とするところだった。リハーサルの時間は充分にあった。何事も丹念に予行演習ができれば、秘書など必要ないのだが……。

しかし残念ながら、人生はめまぐるしい速さで進み、往々にして不確実な要素が入りこむ。とはいえ、今はそんなことは問題ではなかった。なぜなら、今夜のスピーチで、医療の世界で長らく欠けていた早期発見のプロセスと技術を発表することになっているからだ。

誰もが癌《がん》の治療法を望んでいる。むろん、ルカもその一人だ。だが、進行癌に対する治療法がない以上、早期発見の技術を高めるしかない。

今夜、彼はまさにそのことを力説するだろう。

ドアがノックされた。ポリーだ。

彼女は普段ノックをしないが、半裸の彼と続けざまに遭遇したせいで、ノックをするべきだと思ったに違いない。彼女のノックの仕方は独特だった。きびきびと、手際よく。

ルカは秘書に魅了され、彼女を研究していた。

そうしないわけにはいかない。そうだろう？

彼はポリーのような女性をほかに知らなかった。

彼女はどんな人とも上手につき合える。必要なときには温厚に、あるいは厳しく。

ポリーは誰をも安心させる能力を持っているようだ。それに、なんの疑問も持たずに、人をありのままに受け止めるらしい。相手とその状況を見極め、次に進む。

そして、彼女は僕をも受け入れた……。

ルカが誰かに受け入れられたのは母親以来だった。

「どうぞ」彼は言った。

ドアが開き、ポリーが現れた。フクシャ色のドレスは彼女の体のラインにぴたりとフィットし、膝下まで覆っていた。ネックラインはくびれ、豊かな胸のふくらみをあらわにしている。

ああ、なんと美しい……。

ルカは手に入らないものを欲しがる男ではなかった。

それは少年時代に育まれた気質だった。

二度と帰らぬ母を恋慕した少年。

どんなに努力しても喜ばせることのできない男を父親に持った不運な少年。

彼は手に入らないものを望むのを諦めた。

億万長者のルカが手に入らないものを欲しがる理由など、一つもなかった。それでも、ポリーが欲しくてたまらなかった。

今この瞬間は、とりわけ。

ドレスを剥がし、肌をもっと露出させたら、どんなふうに見えるだろう？

ルカはうなり声をあげそうになったが、なんとかこらえた。「似合ってるよ」穏やかに言う。

ポリーは目をしばたたいた。「ありがとう」

「出席者全員が感銘を受けるだろう」

「あなたともども？」

彼女はときどき、ルカの恋人と間違えられたが、彼は気にしたためしがなかった。

ルカはこういう場にデート相手を連れてきたことはなかった。理由はない。彼が必要としているのは、恋人ではなく、彼を、彼のビジネスを理解してくれる人だった。彼の言わんとすることを汲《く》み取《と》り、それを魅力的にアレンジしてくれる人。

ポリーはそれが得意だった。

二人はホテルの部屋を出て、エレベーターに向かった。

つき従うポリーは相変わらず美しく、ルカは彼女に触れたいという衝動と必死に闘った。

自分が発見して世に送り出すものの中で最も重要になるに違いない医療技術の発表を前にして、彼には気を散らす余裕はなかった。今回の発表は単に収入を得るための製品に関するものではなく、世界を変える可能性があった。それに比べれば、彼の欲望など些末《さまつ》なものだった。

そして、彼の自制心はとてつもなく堅固だった。一着のフクシャ色のドレスと、丸みを帯びた曲線美に惑わされるなどありえない。

二人は豪華できらびやかなホールに入った。

医療分野における技術に携わるには巨額の資金が必要になるため、ルカは資金を増やさなければならなかった。

ルカの個人的な資産は不動産などへの投資によって蓄積されていた。彼の医療法人は数十億ドルの利益を生み出すが、それはすべて研究や医療分野に再投資された。

金を稼ぐという行為はルカにとっては単純なことだった。すべては彼の集中力の賜物《たまもの》と言ってよかった。今、その集中力を乱されるわけにはいかないし、変を発見する技術の向上が何より望まれるのだ。ルカの発見はそこに光を当てていた。

「研究段階の一環として、私たちは医療費にも事欠く人々を特に注視することを検討しています」

波紋が広がった。

「私たちは世界中から参加者を募ります。そうすれば、さまざまな背景を持つ人たちに対する有効性を検証できるからです。私たちの研究にとって重要なのは、情報をできる限り多く広く伝えることです。そして膨大なデータを集めなければなりません。これは、私たち全員が本当に望んでいるもの、つまり治療法を見つけるための第一歩となるでしょう。このサミットは非常にエキサイティングな挑戦の始まりなのです。今こそ私たちは知恵と知識を結集し、社会が直面する最も差し迫った医学的問題に対する答えを見つけるときです」


乱れる恐れもないだろう。

ルカはポリーから離れ、演壇に向かって歩きだした。それが、参加者が席に着く合図となった。

彼は壇上に立った。

すべての言葉、すべての抑揚が計算されたスピーチは、彼の意図したとおりの反響を巻き起こし、会場は興奮の坩堝《るつぼ》と化した。

会場には多くの投資家が詰めかけていて、ルカの発見を金もうけの千載一遇《せんざいいちぐう》のチャンスととらえる者も多かったが、その一方で、医学的見地から彼の発見を称賛する人々も大勢いた。多くの命を救う画期的な発見だと。

医療産業複合体には確かに問題があるが、利益を第一に考える投資家でさえ、今回のルカの発見に大きな意義を見いだしていた。というのも、彼らも癌に怯《おび》え、家族や知人の中に癌患者を抱えている者も少なくないからだ。現在の医学では、いくら金を持っていようが、治療には限界がある。そのため、病演壇から降りると、ルカは割れんばかりの拍手に包まれた。しかし、彼はそれを無視した。称賛を浴びるためにここにいるわけではなかったからだ。

ルカはひときわ熱い視線を感じた。本能的にポリーだと察し、そちらを見ると、彼女の目はきらきら輝いていた。

なぜ彼女は目を潤ませているんだ？

彼の知る限り、ポリーの個人的な事情と関わりがないことは確かだった。秘書として採用したときに身元を調べたが、癌で家族を亡くした経験があることをうかがわせる記載はなかった。

ルカは自分の席があるテーブルに行った。そこには主要な投資家たちが座っていて、彼はポリーの隣に座った。そして投資家たちを無視し、彼女のほうに身を乗り出した。「動揺しているのか？」

ポリーは首を横に振った。「動揺しているのではなく、感動しているの。なぜこのサミットがあなたにとって重要なのか、いっそう理解できたわ」

本当に？　ポリーは僕に腹を立てていた。辞職を申し出るくらいに。だとしたら、僕のスピーチに感動して涙を流すなど、わけがわからない。

ポリーは話題を変え、投資家を巻きこんだ。彼女はそうやって場を仕切るのが得意だった。ルカが研究についての質問に答えるだけでいいように仕向けた。彼に関する楽しくユーモラスな逸話なども添えながら。その結果、ルカの発言自体は少なくても、その場にいる人たち全員に、彼と心地よい時間を過ごせたと思わせることができるのだ。

ポリーがいなかったらどうすればいいのか見当もつかない。そう思うと、ルカの中に怒りがたまり始め、数日後にはさらにひどくなった。ポリーが毎晩、公式行事に必要不可欠な存在であることを証明したからだ。彼女がうっとりするほど美しいことも。

彼自身が設けたルールとプロ意識によって抑制さ

れていたものが、今や解き放たれる寸前だった。

ルカはずっとポリーへの欲望を封じこめてきた。それが正しいことだからという理由で。だが、と彼は思った。彼女が去ろうとしている今、欲望を封じこめることに意味があるのだろうか？　もはやルールは機能していないんじゃないか？

彼は往々にしてルールに頼る男だった。

そして、ポリーは今、上司と部下という垣根を飛び越えようとしていた。それゆえ、彼女がルカのために何かをしたとき、彼はそれを単なる仕事の一環だと見なすのが難しくなった。

ポリーがほほ笑んでくれたとき、それが単なる義務感から出たものとは思えなくなっていた。

彼女の指先がルカの指に触れたとき、彼は体に電気が走るのを感じないふりをしたり、欲望に下腹部がこわばるのを隠したりしなければならなかった。

この数日間で、そうしたストレスはどんどん蓄積されていった。肉体的に苦痛を感じるほどに。

滞在しているホテルはシンガポールで最も目を引く空間で、それに比べれば華やかさという点でポリーは見劣りするかもしれない。彼女の美しさは誰も否定できないだろうが、積極的に注目を集めるタイプではなかった。また、官能的な美しさとも違う。ポリーの美しさは内面からにじみ出るようで、彼女自身と一体化していた。

とはいえ、彼女の持つ本来の官能性に一度でも気づいてしまうと、もはや頭から離れず、ルカはすっかり魅了された。

シンガポールでの最後の夜、ポリーは金色の服を身につけていた。そしてルカは、会議の総仕上げに集中するはずだった。大学や小規模の医療技術会社が今後取り組むすべての研究プロジェクトに。彼は自ら投資先を選び、より広範な医療研究の促進を図るつもりでいた。

なのに、彼はポリーのとりこになっていることに気づいた。彼のみならず、多くの参加者が彼女に夢中だった。彼女の長い髪は波打ちながら肩の上に落ち、体はかろうじて金色のドレスに覆われていた。

もうすぐポリーは彼の人生から永遠に去る。そのことをルカは努めて考えるまいとしてきた。ところが、今になって突然、彼はそのことしか考えられなくなり、彼女にばかり目が行った。

ここ数年、ポリーはルカのすべてと言ってよかった。彼女は説得力があり、首尾一貫していた。ルカの人生の中にすっかり組みこまれ、彼女がいなかったときのことをもはや思い出せなかった。

彼女の髪に指をうずめ、その甘い唇を自分のものにしたい、とルカは思った。誰もがサミットの成功を祝っているきらびやかなホールに立って。

もしポリーにキスをしたら？　もし欲しがってはいけないものを求めたら？　彼女とベッドを共にしてこの渇望を満たしたら、どうなる？

突然、セックスがいつもとは違う意味を帯びた。通常の欲望を超えた何かに。

ポリーがいなければ、僕は死んでしまう……。

ルカはけっして過激な行動に走る男ではなかった。だからこそ、過剰に何かを求めるというこの初めての経験は、麻薬のようだった。

麻薬に手を染めたことはない。自分は執着心の強い男だと自覚していたからだ。もし麻薬にはまったら、完全に自分を失ってしまうだろう。

それでも、度を超した激しさで彼女を求めていた。これは執着にほかならない。ポリー中毒と言っていい。自分ではコントロールできないのだから。

参加者は皆、踊っているが、ルカがそれに加わることはなかった。彼にとってはビジネスの一環にすぎず、お祭り騒ぎとは距離をおいていた。ところが、ポリーがダンスフロアの端に立っているのを見て、彼ははっとした。

僕以外の男が彼女を腕に抱くかもしれない……。そんなのは許せない。そう思うなり、ルカはホールを横切って彼女のもとに行った。

「ルカ……」

「踊ろう」

「えっ、なんですって?」

「聞こえただろう。僕と踊るんだ」

「ああ……」

肯定か拒絶かわからなかったが、ルカは迷わずポリーの手を取ってダンスフロアにいざない、胸に引き寄せた。

その接触は衝撃的で、ルカはただちにホールから彼女を連れ出し、ドレスを剥ぎ取りたくなった。それは美しいが、今は邪魔者でしかない。

「ルカ……」彼女は目を見開いた。

ポリーは僕を恐れているのか? それとも、ほかに理由があるのか? ルカは読み解くことができなかった。彼は物事が単純なときにいちばん力を発揮する。たとえば、数学のように明確な答えがあるとき。物事が曖昧になったり複雑になったりすると、ルカはとたんに非力さを感じ、ただ腹を立てるだけになった。

しかし今、ルカは彼女に腹を立てていなかった。

「僕が怖いか?」

「ええ」ポリーはか細い声で答えた。「ごめんなさい」

ルカは後悔の念に駆られ、彼女から離れた。だがそのとき、ポリーが一歩前に出て言った。

「待って、ルカ。私はあなたが欲しくてたまらない。だから、怖いの」

5

心臓がばくばくしていた。

私は本当にボスに向かって言ったの、あなたが欲しいって？　彼が私を求めていると思いこんで？

でも、ルカが私に触れたとき……。

ルカは多才だけれど、繊細さは持ち合わせていない。この一週間は暴行を受けているような気分だった。突然、彼の官能的な部分がすべて、牽引光線《トラクター・ビーム》となって向けられたかのように。

ポリーの人生で最も刺激的で、わくわくし、恐ろしい一週間だった。無視しようと努めても、日増しに興奮は募るばかり、欲望はふくらむばかりだった。

ルカ・サルバトーレは、ポリーが熱烈に望んだ唯一の男性だった。

世界中のセラピストが、父親の問題に対処するのにそんな方法はないと断言するだろう。だが、ポリーは気にしなかった。健全さなど望んでいないからだ。ルカへの思いは複雑に絡み合っていて、けっして解決できない以上、ただ気持ちがよくなるものが欲しかった。自分のために。

それは恐ろしいことだった。けれど、その恐ろしさはすばらしくもあった。

「きみは何を言いたいんだ？」ルカは彼女との距離を縮めながら尋ねた。「はっきり言ってくれ」

しかしこの数日間、二人の周囲には大勢の人がいて、誰もが気づくほど、ルカの黒い瞳には炎が燃えていた。充分に明るく、熱く。

実際、昨夜ある女性科学者がポリーに言った。

〝彼はあなたのボスだと思っていたわ。まさか、あなた方が恋人同士——〟

〝いえ、私たちは違います〝

〝本当に？　でも彼は恋人になりたがっている〝

〝そのご発言は不適切かも……〝ポリーは訂正した。

〝不適切なことがいちばん楽しいこともあるわ〝

不適切だからこそルカが欲しいというわけではなかった。

私がルカを求めたのは……彼みたいな人をほかに知らなかったから。あんなに美しくて浮世離れした男性を見たことがなかったから。彼はまるで宝石のようで、どの角度から見てもまばゆいばかりに輝いていた。

見るのが苦痛でさえあった。気にかけるのも。

実のところ、ポリーは彼のことを気にかけていた。これほどハンサムで聡明《そうめい》な男性を気にかけないなんてありえない。そうでしょう？

そして、気にかけるというのは、ボスに恋心を抱くという単純なことより、何かと難しかった。

ルカの生活を隅々まで知っているポリーは、彼には他者を受け入れる余地などまったくないことを知っていた。パートナーとしてはもちろん、役に立つ道具としても。

とはいえ、ベッドを共にすることがルカへの欲求を浄化する唯一の方法だとポリーにはわかっていた。もうすぐ彼と別れるのだから。

ルカを愛する――そんな考えが脳裏に浮かんだだけで、ポリーは死にたくなった。

彼女は女性たちがルカとの一夜を胸に秘めて彼の家を去っていくのを何度も見てきた。ルカは二度と彼女たちと連絡を取らなかった。彼女たちからの電話を着信拒否にしたり、伝言を伝えたりするのは、ポリーの役目だった。ルカはプレイボーイではないが、禁欲主義者でもなかった。

ルカは以前、とても率直に、自分にとって性的な解放は不可欠だと告白したことがあった。だが、性欲は本能であり、食欲と同じなのだ、と。

その言葉はポリーの脳裏にしっかり刻まれたが、私は違う、とポリーは思った。もし私が彼と関係を持ったら、感情面で大きな影響を受ける可能性は高い。けれど、私は強い。それに耐えられる。

そして今夜、ポリーはついに自分が望むものを彼から手に入れようと決めていた。もしかしたら数分間、ルカは私のことを人間として見るかもしれない。文鎮としてではなく。

もし私が正直に話したらどうなるだろう？　自分があなたにとって単なる便利な道具にすぎないという感覚が耐えがたいほど大きくなり、それが私を苦しめ、あなたのもとを去る決断につながったのだ、と。

体を重ねたら人間として見てくれると確信しているわけではなかった。ほかの男性に触れられたこともないポリーにわかるはずもなかった。

「ルカ……」彼女はおもむろに言った。「あなたが怖いんじゃないの。私たちの間にあるこの気持ちが怖いのよ、あまりに強すぎて。私は……あなたが欲しい」

ルカの口からうなり声のようなものがもれ、ポリーは衝撃を受けた。

「僕もきみが欲しい」彼がささやく。「生まれたままの姿で抱き合いたい」

今、ルカは彼女のすぐ近くにいた。体から立ちのぼる匂いでめまいがするほど近くに。

「ええ」ポリーはうなずいた。「今すぐに」

「だが、僕ときみが急にいなくなったら、失礼だと思われないか？　このあとの段取りはどうなっているんだ？」

彼が心配するのももっともだった。二人がセックスのためにこっそり抜け出したと思われはしないかと案じているのだ。ボスのそういう不安を取り除くのもポリーの仕事の一部だった。

「みんな、もう知っているわ」彼女は言った。「失礼だとは思わないでしょう。まあ、噂《うわさ》の的にはなるけれど」

「そんなこと気にしない」

「私もよ」彼女はこの世界から去ろうとしていた。まもなくこの世界の一員ではなくなる。だから気にする必要はなかった。

二人はキスさえしたことがなかった。なのに、ポリーは自分の彼への欲求が本物かどうか確かめる必要はなかった。すでに確信していたから。

ルカが彼女の手を握った。その荒々しい握り方に、その手の熱さに、ポリーは驚いた。

「彼らはすでに知っているのだから、今さら取り繕う必要はないわ」

それで安心したらしく、ルカは彼女をダンスフロアから連れ出し、そのままホールを通り抜けた。

心臓が激しく打ち、全身が警戒態勢に入ったものの、ポリーの中に後悔はいっさいなかった。これは退職金のようなものよ。あるいはボスからの餞別《せんべつ》。私はようやく彼から何かを得ることができるのだ。彼から支配権の一部を奪えるのだ。

ポリーはそれを夢見ていたのに、そうでないふりをしようと努めてきた。ルカがベッドではどうなのか、そんなことに興味があるわけではない、と自分に言い聞かせて。その傍ら、彼女はいぶかってもいた。ルカは自分を完全に解放したことがあるのかしらと。

彼が持ち前の集中力をベッドで発揮し、すべての抑制を解き放ったら……。

考えるだけで、めまいがしそうだった。

エレベーターの中で二人は言葉を交わさなかった。ルカは無言のままポリーの手を握り、彼のスイートルームに向かって廊下を進んだ。そして部屋に入ったてドアを閉めるなり、彼女の腰に腕をまわして柔らかな体をぐいと引き寄せた。

その瞬間、ポリーは泣きたくなった。彼女はルカのもとを去ろうとしていた。どうしてももっと早く、こんなふうに欲望をぶつけ合わなかったのだろう？　今にして思えば、呼吸と同じくらい、自然なことなのに。

「あなたを嫌いになりたいと私がどれだけ強く願っていたかわかる？」

「いや。なぜだ、いとしい人《カーラ》？」

「あなたは最悪のボスだから。私を人間として見ていないから。この五年間、あなたは私を付属物のように扱ってきた」

「ほかの社員と同じように接してきただけだ」

その言葉は鋭いナイフとなって彼女の胸を突き刺した。「ええ、そのとおりよ。だけど、そんなのはだめ。あなたは私を特別扱いするべきよ。なぜなら、私はほかの人にはできないことをあなたにしてあげてきたんだから。そして、私にはわかるの、今あなたは私に対してほかの社員には感じていないものを感じているって」

「僕がきみに感じているのは魅力だよ、ポリー」ルカは淡々と応じた。これほど単純なことはないと言わんばかりに。

「だけど、ルカ、あなたの私への接し方は、あなたが私にそれ以上の何かを求めているような気持ちにさせる。あなたは私をしばしば怒らせ、ときには私を卑屈にさせる。それでもあなたを憎めない。だって、あなたは私が知っている中でいちばん複雑で興味深い男性だから。こんなことを言うのがどれだけつらいか、わかる？　男性は、単に不可解な行動を示すという理由だけで、女性を困惑させるべきではないわ」

「きみにとっても僕は不可解なのか？」

「そうよ」

「わかってくれていると思っていた」

その声音は、まるで傷ついているかのように聞こえた。もし相手がルカでなかったら、ポリーはそう思っただろう。

「僕に困惑させられているのに、それでもきみは僕を求めているのか?」

「ええ」ポリーはうなずいた。「それに、私はあなたのベッドの相手にふさわしいと感じているの」

「楽しむ自信があるのか?」

「あなたはそうじゃないの?」

いっそう強く抱きしめられて彼の美しい顔が視界いっぱいに広がり、ポリーは気を失いそうになった。

「もう何もしゃべるな」彼はぴしゃりと言った。

次の瞬間、唇を奪われ、ポリーは言葉を封じられた。もっとも、もはや言うべきことは何一つなかった。彼女の頭の中は欲望で占められていた。

ルカの口は熱くて固く、その舌は彼女に口を開くよう執拗《しつよう》に迫った。ポリーは受け入れた。彼に貪られたい一心で。

彼のこんな差し迫った姿を見られるなんて。これは狂おしいほどのファンタジーだ。

ルカが口を離したとき、その息は荒く、目は血走っていた。私がルカをこんなふうに追いこんだのだ。私にはこれだけの力がある。頭がくらくらしながらも、ポリーは胸を躍らせた。

彼のもとから去る直前で、ついにルカを手に入れることができたのだ。今夜だけ、この爆発的で、すばらしくて、恐ろしくて、危険で、鋭いものを。

これがなんなのか完全には理解できる人はいないと、ポリーは確信していた。

ルカ・サルバトーレは特別な男だった。彼とのセックスもまた特別なものになると彼女にはわかっていた。

ポリーの主張を証明するかのように、ルカは彼女の腰に腕をまわして軽々と抱き上げ、リビングルームを抜けて寝室に入った。

「きみの生まれたままの姿が見たいんだ。どれくらい熱望しているかわかるか?」

ルカの目には見慣れない何かが燃えていた。ポリーはルカのことならなんでも知っていると思っていた。しかし、見たことのないものがそこにあった。セックスのときも、ルカはほかのときと同じように振る舞うだろうと、ポリーは想像していた。確かに彼にはいつも激しさがある。けれど、それは常に彼の制御下にあった。

今、ルカはその制御から解き放たれているように見えた。そして、彼の目には想像もしていなかったもの——切望があり、ポリーは息をのんだ。

「いいえ、わからない」彼女はやっとの思いで答えた。「だから、どれくらいか教えて」

ポリーは知る必要があった。この五年間、彼女はルカにとって役立つ道具——文鎮にすぎないと思ってきただけに、彼のもとを去る前に、その熱い気持ちを口にしてほしかった。

「きみのことは何もかも知っている。きみのしぐさ、仕事のこなし方、きみが僕にいらだっているときの手の動き、何かに興味を持ったときの頭の動かし方。そして、喜んでいるときはとっておきの笑みを浮かべ、怒っているときはまた別の笑顔を見せる。僕は普段、人のそういうところには気づかないが、きみは例外だった。雇ったときから、きみは僕の憧れの対象となったんだ」

ルカが私をそんなふうに見ていたなんて、想像したこともなかった。一瞬たりとも。「でも……」

「僕がそんな細かいところまで知っているとは、きみには意外だっただろう。念のためつけ加えておくが、僕は大切なことしか知ろうとしない」

それ以上にポリーを興奮させる言葉はなかった。けれど、その興奮はセックスを超えた深い何かのように思えた。

ルカは再び彼女にキスをした。ありったけの熱を込めて。「ただ、服を着ていないきみの体がどんなふうかは知らない」口を離してささやき、ポリーをじっと見つめる。「きみの目は……なんと言えばいいんだろう……これを求めている」

「ええ」ポリーはうなずいた。少しも恥ずかしいとは思わなかった。なぜなら、ルカの指摘は正しかったから。「でも、あなたが私を見て興奮しているところを見たことはないわ」

「いつもうまく隠しているだけだ」

「いつもじゃないわ。隠せていないときもあった。でも、そういうとき、あなたはただなんらかの興味を抱いているだけだと思って。興奮しているんじゃなく。オフィスであなたが私の体を見ていたときのことよ」

「男なら誰だってきみの体を見たくなる」

「いいえ、そんなことはないと思う」ポリーは否定した。「でも、あなたがそんなふうに思っていてくれたなんて、とてもうれしい。今の私の願いが叶《かな》いやすくなるもの」

すかさずルカは彼女の背中に手をまわし、ドレスのファスナーを引き下げて美しい布地を腰のあたりまで落とした。

欲望に全身が震え、胸のふくらみが彼の目の前にさらけ出される。ドレスはヒップまで滑り落ち、ごく小さな下着しか身につけていないことを知って、ルカが息をのむのがわかった。

それを見て興奮が募っても、ポリーは恥ずかしさを感じなかった。ルカが彼女を見つめながら、こうつぶやいたからだ。

「美しい……」

ルカは彼女の首筋にキスをし、噛《か》んだ。今度はポリーが息をのむ番だった。そして、意を決して彼の服を引き剥がし始めた。性的に未熟な彼女には、ゆっくりと事を進める余裕はなかった。

ポリーは彼を空気さながらに必要としていた。なくなったら、死んでしまうかのように。

これは五年越しのドラマであり、彼女はその主人公だった。

早くもポリーの脚の付け根は彼を求めて湿り始めていた。

とはいえ、彼女は無垢《むく》だった。自分の体に何が起こっているのかほとんど知らなかった。

セックスのことはすべて知っていたし、絶頂も知っていた。一度や二度ではなく。

結局のところ、ポリーも女なのだ。

ただ、彼女はとても警戒心が強く、内向的であるため、すべての絶頂は自分一人で得たものだった。

誰にも邪魔されずに。

ルカに再びキスをされると、ポリーは震えるような息をもらした。続いて彼は彼女をベッドへと運んで服を脱がせ、自らも生まれたままの姿になった。

「お願い、ルカ」ポリーはせがんだ。「あなたの体を見せて。そして触れさせて」

すると、ルカは彼女から離れた。

ポリーは畏敬の念を抱いて彼の裸身を見た。裸の胸は何度も見たことがある。けれど、堂々と見つめたわけではなかった。今は触れることさえできる。

彼女は彼の胸に手を伸ばし、ささやいた。「あなたは美しい」

ルカが満足げな声をもらすのを聞きながら、ポリーは視線をずらしていき、彼の太く雄々しい欲望のあかしに見入った。

初めて見る男性の体だった。ポリーは性的な写真や映像を好むタイプではなかった、それらを楽しむ人たちを軽蔑していたわけではなく、ただ単に興味が湧かなかったにすぎない。

ポリーはときどき、想像力が暴走した夜に絶頂に達することがあった。ボスに対する妄想が高じて。しかし、あえて性的な興奮を求めようとしたことはなかった。

その意味では、ルカが初めてだった。

誰が見ても、彼は美しい。だが、ポリーの目には、とびきり美しく見えた。なぜなら、彼はいつも、ほかの誰にもまねできない方法で彼女に暗黙裏に語りかけていたからだ。

ポリーが自分のことで信頼しているものがあるとすれば、それは直感だった。その直感は、特に相手が何かを隠しているときによく働き、彼女はルカが隠しているものを感じ取っていた。それは、彼女に対する欲望にほかならなかった。今夜、その直感の正しさが証明されたのだ。


「堪能したか？」

「いいえ」ポリーは否定した。けっして充分ではない。

「僕に触れるんだ」ルカは声を荒らげて命じた。

ポリーは唇を噛みしめて手を伸ばし、指先を彼の胸に押し当て、そこから腹部へ、さらに下腹部へと滑らせ、張りつめた欲望のあかしに巻きつけた。

試しに撫《な》でてみる。ポリーは経験の浅さを伝えようとしたが、思いとどまった。よけいなことを言ってこの流れを止めたくなかったからだ。なんとしてもルカを手に入れたかった。ほかの女性を抱くように、抱いてほしかった。彼のすべてを味わうために。

ルカは目を閉じ、食いしばった歯の間から息を吐き出した。そして、もう耐えられないとばかりにキスをしたかと思うと、ポリーをマットレスに組み敷いた。彼女はルカの首に腕をまわし、脚を開いた。

彼はすかさず猛々《たけだけ》しい高まりを彼女の湿った脚の付

け根に押し当てて軽くこすった。同時にポリーの首筋から胸にかけてキスの雨を降らせ、胸の頂を深く吸いこんだ。

あまりの気持ちよさにポリーは息もできなかった。ルカは頭を脚の付け根まで下げた。彼女の背中に手をまわしてマットレスから浮かせ、最も親密な部分を貪る。けっして飽きることのないごちそうか何かのように。

ポリーは少しも恥ずかしくなかったし、我慢しようとも思わなかった。彼の舌の動きに合わせ、腰を動かす。すっかり夢中になり、死ぬかもしれないと感じた。ルカは彼女の体からさらに多くの飢えを呼び覚ましては、それを満たしていった。

彼が二本の指を秘めやかな部分に差し入れてくると、ポリーは痛みと快感に叫び、これまでに味わったことのない絶頂へと打ち上げられ、内なる筋肉が彼を締めつけた。

彼は根っからのルカ・サルバトーレだった。セックスにおいても、彼は比類なき存在だった。

見上げると、ルカの目は闇のように暗く、瞳孔は大きく開かれている。まさに捕食者そのものだ。ポリーには、彼が自制心を失っているのがわかった。ルカは身を起こすやいなや、彼女の腿をつかんで自分の腰に引っかけ、いっきに貫いた。

ポリーは痛みに悲鳴をあげそうになったが、ぐっとのみこんだ。すると、ほどなく痛みは快感へと変わっていき、ルカは激しく容赦なく動き始めた。

息をするのもやっとだった。何度も何度も突かれ、そのたびにポリーは彼に支配されているのを感じた。彼のことをどう思っていたのか思い出せないが、今、ポリーにとって彼はただのルカで、彼女のものだった。

彼はボスではなく、彼女は秘書ではなかった。

快感はますます高まっていき、ポリーはついに二度目のクライマックスを迎え、絶叫と共に砕け散った。間をおかずにルカが自らを解き放ち、彼の咆哮《ほうこう》が室内に響き渡った。

　ポリーが情熱の嵐に翻弄され、汗まみれで、ぐったりとしていたとき、ルカはまったく予想外の行動に出た。彼女を腕の中に引き寄せ、二人の呼吸が落ち着くまでしっかりと抱きしめたのだ。ポリーは安心感に包まれ、知らず知らず眠りに落ちていった。目が覚めたとき、ポリーはびっくりした。まだルカの隣に横たわっていたからだ。二人とも裸だった。

　ポリーは去らなければならないとわかっていた。ほかに選択肢はない。このままとどまっていたら、二度と去れなくなるからだ。

　そう思った瞬間、ポリーは割れたガラスで全身を切りつけられたような気がした。自分が破壊されたような。

　破壊されるわけにはいかない。自分をつくり直さなければならない。

　そのために、ルカのもとを去り、新しい職に就くと決めたのだ。このチャンスを生かさなくてはならない。彼と情熱的な一夜を過ごしたことをしっかりと胸に刻んで。

　ポリーはこっそりとホテルの部屋を出た。ルカは身じろぎもしなかった。

　自室に戻ると、ポリーは荷物をまとめた。それから空港に直行し、始発便でイタリアに戻った。

　エコノミー席に座り、窓の外を見つめながら、彼女は必死に受け入れようとした。

　ルカ・サルバトーレに二度と会えないという事実を。

6

執着心はルカの強みであり、弱みでもあった。それがあったからこそ、彼は医学の世界でどんな問題に直面しても、その解決策を見つけるために不断の努力を続けてこられた。その結果、経済面でも科学的発見の分野でも、成功を収めることができたのだ。

一方で、彼は今、その執着心に苦しめられていた。

ルカはポリーのことしか考えられなかった。キャリア最大の医学的発見を成し遂げたにもかかわらず、医学のことは頭からすっぽり抜け落ち、ひたすらポリーのことを考えていた。

物心ついて以来、こんなにも魅了された女性はいない。これほどまでに彼の心と体を支配した女性はない。いなかった。

本来そんなことはあってはならないのに、そうなってしまったのだ。

僕はなぜこんなにも彼女に執着しているんだ?

理由はセックスだ。ルカは自分に言い聞かせた。それ以上の理由はない。

セックスの詳細を覚えていないのは、よくあることだった。絶頂時の興奮は覚えているが、具体的なことは覚えていなかった。なぜなら、解放の喜び以外は少しも重要ではなかったからだ。

なのに今、ポリーの体の細部や、彼女が彼の名を叫んだときの様子、彼にしがみつく姿が頭から離れず、ルカを悩ませていた。

ポリーのことを忘れられない自分の脳を、彼は呪った。

これまでルカは自分の弱点をすべて強みに変え、制御してきた。ポリーを除いては。

だから、彼女が姿を消してくれてよかったのだ。彼女が新しい職に就くためにミラノに行ったのは喜ばしい。ルカは約束を守り、最高にすばらしい推薦状を書いた。彼は約束を守る男だった。ポリーにどう思われていようと。私のことを物扱いしている――そんなふうに手ひどく非難されたにもかかわらず。

彼はデスクの上にあるものをすべて片づけたい衝動に駆られた。頭の中が散らかっていて仕事にならない。

ポリーのせいだ。すべては彼女のせいだ。彼女の胸、唇……。彼女が僕の名前を叫んだのも、そのあと僕にしがみついたのも。

そして、大胆にもポリーは逃げ出した。とどまることもできたはずなのに。

確かに、僕は彼女に、ローマには自分で帰るように言うつもりだったが、あのセックスのあとでは、言えなかっただろう。

間違いなく。

だが、ポリーは僕に何も感じたくなかったのだ。彼女は僕のことを最悪の男だと思っている。そのことを憤る権利は僕にはない。

そう認めつつも、ルカは憤った。ノートを床にたたきつけ、コーヒーカップを壁に投げつけた。しかし、なんの慰めにもならなかった。

彼の心の痛みを和らげるものは何もなかった。精魂傾けてきた研究でさえも。

もしまたポリーに会えるチャンスがあったら、僕はけっして逃さないだろう。

なぜ偶然に任せるんだ？　心の声が割って入った。おまえは彼女に復職を申し出るべきだ。給与を倍にしてでも。おまえは彼女なしには生きていけない。

彼女が去ってからもう八週間になるのに、彼女なしでもやっていけるかどうか、先が見通せない。

そのとおりだ。ルカは認めた。ミラノに行き、彼女に復職を申し出なくてはならない。電話ではなく、直接会いに行くのだ。そうすればポリーへの執着心は簡単に消えるだろう。なぜなら、彼女が僕のまわりを幽霊のごとくさまよう幻想ではなくなるからだ。

ポリーは肉体を伴って戻ってくる。そして再び僕の秘書となる。その事実が二人を隔てる壁となる。

彼女が僕の秘書でなくなったことで僕はセックスのことしか考えられなくなったのだから、秘書として戻ってくれれば、すべてうまくいくに違いない……。

ルカは数分後には、プライベートジェットでミラノに飛び立てるよう指示を出していた。

ミラノまではあっという間だった。ルカは機内でノートを一冊も使わなかった。これまで短いフライトではあったが、異例だった。書こうと試みたものの、〝ポリー〟の一語しか書けなかった。

ああ、耐えられない。彼女は僕の脳を占拠し、何かした。乗っ取った。そのうえ、僕のもとを去っていったのだ……。

ジェット機を降りる頃には、ルカはエネルギーの塊になっていた。待機させていた車に乗りこんで、〈ファッションハウス〉へ向かう頃には。

それは広々として混雑した広場に面して立つ、巨大な歴史的建造物だったが、ルカにとっては取るに足りないものだった。彼が手がけてきた仕事に比べれば。これから彼がポリーと一緒に手がけることができるかもしれない仕事に比べれば。

もしポリーが僕にもっと感謝されたいと感じ、新しいコミュニケーションの方法を望むなら、僕は喜んで応じる。ルカはそう決意していた。

広場を横切ると、石段の上にある扉が開いているのが見えた。その奥にちらつく、赤いスカーフとブロンドの髪。

ポリーだ。

ルカの体は細胞レベルで彼女を認識した。視覚ではなく、直感だった。

ルカは彼女を感じた。自分の奥底に。

彼女は僕のものだ。二人が一緒にいれば、必ずや医学に大きな進歩がもたらされるだろう。そして、もしポリーが新しい肩書きや昇進を求めるなら、副社長に抜擢《ばってき》してもいい。

彼女がいたからこそ、僕は働けたのだから。

ルカは何も考えずに、間髪をいれず石段を駆け上がった。

ポリーが彼を見た。

その瞬間、彼女が彼を認めたのがわかった。ポリーの目を通して彼女の魂の動きを見て取ったのだ。

ルカには珍しく、他人の心の動きを感じ取ったのだ。自分にはできないと諦めていたことを、彼は今やってのけた。なんの努力もせずに。

ポリーは問いかけるように首をかしげた。ルカはうなずきながら彼女に近づいた。

「そうだ」ルカは言った。「きみを迎えに来た」

「いいえ」ポリーは首を横に振った。「あなたはここにいるべきじゃない」

「僕がいるべき場所はほかにないと、きみは知っているはずだ」

ポリーの顔を恐怖がよぎった。かつてルカに抱いていた恐怖心は自分が彼を求めすぎていることから生じるものだと、ポリーは告白した。たぶん今もそうなのだろう。

「僕はきみを傷つけるためにここに来たんじゃない。仕事を提供するためにやってきた」

ポリーは目をしばたたいた。「仕事?」

「この一カ月は地獄だった。きみなしでは僕は何もできない。どうしても戻ってきてほしい」

「私を必要としているというの?」

「そうだ。僕は努力した。きみが去ってから、毎週のように新しい秘書を雇ったが、話にならなかった。僕の生活は乱れっぱなしだ。そんな生活を続ける余裕は僕にはない。きみが必要なんだ」

「あなたは私に何かをしてほしいだけ。あなたのためにね」

ポリーはそれが取るに足りないことのように言った。そんなことはない。ルカにとってはそれがすべてと言ってよかった。彼の仕事、彼の人生が機能するにはポリーが必要だった。彼女がいないと、ルカは自分が抜け殻になった気がした。まるで自分の本質が体から溶け出してしまったような。

それはひどく不快で、初めて経験する感覚だった。

「どうか戻ってきて、僕のために働いてほしい」

「無理よ。私には仕事があるの」

「昇進させ、給料もこれまでの二倍にする」

「二倍？」彼女の目が驚きに見開かれた。

「そうだ」

「とんでもない金額だわ」

「そんなことはない。きみが望むなら、副社長に任命しよう。株をはじめ、きみが望むものならなんでも。とにかくきみに戻ってきてほしいんだ」僕が卑屈なまでに懇願していることに彼女は気づかないのか？

「ルカ……」呼びかけた彼女の目には失望の光が宿っていた。「私たちはベッドを共にした。そしてあなたは、私の新たな職場に来て、あなたのために戻ってきて仕事をしてほしいと言った」

「ああ。きみが去って以来、僕はきみのことしか考えられなくなった」

「冗談でしょう。私はあなたに純潔を捧《ささ》げたというのに、あなたの頭の中には私にコーヒーを持ってこさせることしかないというの？」

彼女が言ったことの最初の部分をどう解釈すればいいのかわからず、その部分を聞き流し、ルカはコーヒーうんぬんに絞って応じた。「コーヒーだけじゃない。僕のノートは乱雑で、誰も手をつけられない――」

「ばかばかしい！」ポリーは怒れる獣のように吠《ほ》え、立ち去りかけた。

「待ってくれ」ルカは呼び止めた。彼は今しがた聞き流した部分に意識を戻した。「きみが今まで男とつき合ったことがなかったなんて、知らなかった」

「でも、今は知っている」

「なぜだ？」

「私のボスはとても要求が多く、支配欲も強くて、デートに行く暇も、キスをする暇も、ましてセックスをする暇もなかったからよ。しかも、その相手になりうるのはあなたしかいなかった」ポリーはかぶりを振って続けた。「だって、幸か不幸か、私にとってはあなたが唯一の男性だったから」

彼女は口を閉ざし、彼を見つめた。次に何を言うべきか迷っているように見えた。そして、胸が上下したかと思うと、彼から目をそむけた。

「戻るなんてできないわ、ルカ。あなたはあなたにしかなりえないもの。私はいつも、そんなあなたを尊重してきた。あなたは限りなく複雑な人。自分でコーヒーをつくる時間を、もっと大きなことのために使うべき人だと思う。それは理解できる。あなたは世界を救おうとしているのだから。でも、私は違う。自分を守りたいだけ。私は生きなければならない。だけど、あなたと一緒には生きられない。秘書には戻れない」

再び立ち去ろうとして背中を向けたポリーの腕をとっさにつかみ、ルカは自分のほうを向かせた。

「僕を置いていくな」

ポリーの顔から血の気が引いていく。そのとき、ルカは彼女の目の下に隈《くま》があることに気づいた。唇の色も記憶とは違う。そして、体つきも変わっていた。彼女はセーターを着ているが、胸が大きくなっているのがわかった。

「具合が悪そうだな」ルカは顔をしかめた。ポリーは疲れきっているように見えた。彼が最も恐れる病気にかかっている可能性がある。彼が生涯をかけて研究し続けている病気に。「病院に行くべきだ」

「具合が悪いわけじゃないわ」

「いや、ひどく具合が悪そうに見える。実際、きみは……」ルカは珍しくためらった。

「私のことは心配しないで」

「きみは……癌《がん》を患っているように見える」

ポリーは両手で顔を覆った。ルカには彼女がまぶたを強く押さえているのがわかった。

「ルカ、私は癌じゃないわ。私は……妊娠しているのよ」

7

ポリーはその場に立ちつくし、ルカの顔に恐怖の色が浮かぶのを見た。そして打ちのめされた。彼の指摘どおり病気だと思わせたかったが、できなかった。なぜなら、ルカが階段を駆け上がってくるのを見たとき、彼は知っていると確信したからだ。

なぜ知ったのかといぶかったものの、ルカは医療界とつながりがあり、個人情報保護法があろうとなかろうと、彼女の情報を集められる可能性はあった。あの夜、二人は避妊具を使わなかった。彼はそのことに気づいているに違いない。

ポリーは避妊まで気がまわらなかったが、彼は違う。ルカ・サルバトーレは何一つ忘れはしない。なのに、あの夜に限って、彼は避妊を忘れてしまったのだ。そして、ポリーは今、その結果と共に生きていた。

　もっとも、彼女は悲しんではいなかった。もちろん、最初はショックを受けた。そこから立ち直ると、この子が欲しいと思うようになった。我が子と本当の意味で健全な関係を築き、無条件に誰かを愛するチャンスを手に入れたかった。しかも、彼女には子供を育てるのに充分な条件が備わっていた。

　きわめて協力的な雇用主に恵まれ、充分な収入を得ていたし、両親の失敗を繰り返さないだけの知恵もあった。

　そして、子供が父親を知らないというのは理想的ではないが、いずれは……と考えていた。ただし、ルカが父親になることは想像できなかった。

　今、彼の絶望的な恐怖の表情を見つめても、まだ想像するのは難しい。

　ルカはポリーを求めてミラノまで来たのではなかった。彼女の個人秘書《PA》としてのスキルを目当てに来たのだ。赤ん坊のこととは無関係に、彼自身の都合で来たのだ。

　私を求めに来てくれた――一瞬でもそう期待した自分が哀れに思えた。そんなふうに期待してしまう自分、彼にからっきし弱い自分が、いやでたまらなかった。

　赤ちゃんができたことをルカには話さないと決めていた。なのに、彼女の顔を見て病気なのではないかと心配する彼を見て、心が動いたのだ。

「そんなはずはない」ルカは言った。

「間違いないわ。医学的に確認済みなの」

「いいや、ありえない。これまで僕は避妊を怠ったことはない」

「ルカ」ポリーは憤慨して言った。「あなたは避妊具を使わなかったでしょう！」

二人は今、ミラノにある〈ファッションハウス〉の石段の上に立ち、避妊具について声高に話していた。英語とはいえ、おそらく周囲の人の四分の三は彼らが何を話しているか理解していただろう。

「いや、僕は使った」ルカは反論した。「僕はそういうことはけっして忘れない」

「いいえ、忘れたのよ。だって、あのときはあなたにも……人間らしい瞬間があったから。人はそういうときがあるのよ、ルカ。絶頂感を得るために、良識のすべてを捨ててしまうときが。私たちもそうだった。私たちは何も考えなかった。セックスが与えるお互いへの影響も、その結果についても。私たちは一つになること以外に重要なものは何もないと決めつけ、お互いを貪り合ったのよ」

ルカは打ちのめされたように見えた。ただし、彼女が妊娠したからではない。自分が避妊具を使い忘れたことに動揺しているのは明らかだった。

「僕と一緒に来てくれ」ルカは唐突に言った。

「無理よ。私は今、昼休み中なの。食事に行かなくちゃ」

「だったら、一緒に行こう」

「だめ」ポリーはそう言って、彼から離れかけた。「僕が公道を歩くのを誰も止められない」

「あなたが私にいやがらせをしていると、警察に通報することもできるのよ」

「ほとんどの人たちが、僕たちが誰か知っている。僕ときみが男女の関係であることもね」

「あなたは天才よ、ルカ。女性がしばしば知り合いの男からいやがらせを受けているのを知らないはずがない。特に関係を持ったことのある男性から」

「自分の置かれている状況についてもっと知りたいと思うのは、いやがらせではない」ルカはしばしの沈黙のあとで続けた。「僕たちが置かれている状況について」

ポリーは重いため息をついた。「ああ、ルカ、あなたは何もしなくていいの。もう決めたことなんだから」

「産まないつもりか?」

「産むわ」ポリーはきっぱりと答えた。「私は両親との関係がうまくいかなかった。だから、自分で家族をつくらないと、一生ちゃんとした家族を持つことができない。これはそのチャンスなの。経済的にもそれなりの余裕があるから、子供を産むにはちょうどいい時期だと思う。でも、あなたに関わってもらう必要はない」

ルカは顔をしかめた。「だが、僕は赤ん坊の父親なんだ」

「ええ、そうよ。だけど、多くの父親が子供の日々の生活に関わっていない」

「そういうのは悪い父親だ」

「そうじゃないかもしれない。父親が関わらないほうがみんなにとってよい場合は」

「僕がいないほうが子供は幸せだと?」

彼が心から驚いたようにそう言ったので、ポリーは息をのんだ。ルカが傷つくはずがないと考えるのは簡単だが、彼を傷つけたのは疑いようがなかった。

ポリーは、日頃のルカの暮らしぶりから、彼がいい父親になれるはずがないと決めつけていた。それでも、彼を傷つけたいとは思わなかった。

彼を傷つけることができるという事実に、ポリーはショックを受けた。ルカはいつも不死身で、自分には手の届かない存在だと思っていたからだ。

「考えてみて。あなたが自ら言ったように、今、新しい個人秘書を雇えず、人生が困難に直面しているときに、赤ちゃんができたらどうなるか。好きなときに好きなことをするのが不可能になり、他者のスケジュールに左右される羽目になる。恋愛の経験さえないんでしょう?」

「ああ、一度もない」ルカは認めた。

「どうして？」

「僕の生き方に合わないからだ」

「そうね、私にはわかっていた。あなたとベッドを共にしたときも、今も。私はあなたに一夜限りの関係以上のことを期待してはいなかった」

「だが、きみが妊娠したからには、僕は生き方そのものを変えなければならない。そして、僕はけっして悪い父親にはならない」

「あなたがいったい何を考えているのかわからないけれど――」

「僕と結婚してくれ。そして今日、一緒にローマに帰ろう」

ルカの頭はかつてないほど速く回転していた。迅速かつ適切に反応する必要があった。これほど重要なことはない。


彼は天才だった。

そのことをルカは知っていた。彼は人体の内部構造を、ほとんどの人が知らない方法で理解していた。彼の頭脳は膨大な量の知識で満たされている。だが、人体の内部構造を誰よりも深く理解する一方で、人の心の働き、魂のしくみについては理解していないことがよくあった。

もっとも、そのことでルカが悩んだことはなかった。なぜなら、彼は自分の短所を押し殺し、長所を生かして人生を歩んできたからだ。そのうえ、彼が医学の領域で成し遂げていることは、人間関係よりもずっと重要だった。

彼は、そのことについてあえて考えてみたとき、これは単にバランスの問題だと結論づけた。一方を理解するなら、もう一方は理解できない、と。

だが、今のルカは両方を理解する力を必要としていた。というのも、彼には確かなことが一つあった。

それは、自分の子供が父親から必要とされていないと思うことは絶対にないということだった。

ありえない。

ルカは父親に無視されるのがどんな感じか身をもって知っていた。母親を亡くしたあと、彼は父子家庭で育った。しかし、多くの点で、父親は不在だった。父親は単なる同居人にすぎなかった。

そのことで生きる目的を見いだせないほど打ちのめされていたなら、今のルカはなかった。しかし、幸か不幸か、母親を失ったことで、彼は人生の目的を見つけたのだ。

我が子が少年時代の自分のような存在になるというのは、想像しただけで耐えられなかった。父親のせいで子供が心に傷を抱えて社会に出ていくという考えに、ルカはぞっとした。

「私の仕事はここミラノにあるの」ポリーが言った。

「リモートでもできるんじゃないか？」

「わからないし、やりたいかどうかもわからない」

ルカはできるものなら自分がミラノで仕事をしてもいいと言いたかったが、残念ながら可能とは思えなかった。「それはあとで考えればいい。永遠にミラノから離れる必要はない。だが、無事に出産するまで、僕のそばにいてほしい。きみが大丈夫かどうか、常に自分の目で確かめていたいから」

「私なら大丈夫。毎年、大勢の女性が赤ちゃんを身ごもり、出産しているわ」

「そして、何人かは出産で命を落とす」

彼は心配するつもりで言ったのだが、ポリーは怯《おび》えた目で彼を見た。「ルカ、妊婦はそんな話、聞きたくないものよ」

「妊婦と一度も話したことのない僕には、妊婦の気持ちはわからない。だが、とにかく、きみには僕のそばにいてほしいんだ。結婚してくれ」

「いいえ」ポリーは拒絶した。「あなたは私を追ってミラノまでやってきた。でも、それは再びあなたのために働かせるため。私はそんな人とは結婚したくない。避妊具の使い忘れさえ認めることができない男性とも」

「だったら、認めよう」ルカは言った。「僕はきみとのセックスに夢中になり、自制心を失った。それがどんなに恐ろしいことか、わかるか？　僕は今までの人生で一度だって、自分を完全に見失ったことはなかった。常に自制してきた」

自分自身に認めることさえつらいのに、ポリーにそれを認めるのは断腸の思いだった。

「それは違うわ」ポリーは反論した。「あなたはこれまで、多くの人に影響を与えてきたのに、自分では気づいていないだけ。そして、あなたはそのことを気にかけていないし、気にしたこともない。あなたの人生は、すべて自分のためにある。私はそれをある程度は受け入れているし、理解してもいる。でも、だからといって、あなたと結婚したいとは思わない。あなたのことを気にかけるなんて、とんでもない間違いよ。苦しむだけだもの」

ルカは胸を切り刻まれたように感じた。実際に深い傷を負ったかのように。ポリーが彼について言ったことは的を射ていた。実際、ルカは彼女の言うとおりの男だった。彼の人生はすべて自分自身のためにあった。そして、彼女に指摘されると、それはルカの仕事や自分自身にとっての必然性というより、短所のように思えた。

僕は変わらなければならない。ルカはそう思った。しかし、そのためにはポリーにローマに戻ってきてもらう必要がある。僕には子供が必要だ。だから、ここは妥協せず、今この瞬間も自分のやり方を押し通し続けなければならない。

「僕にチャンスを与えてくれ」ルカは言った。「きみはそうするべきだ」

「一度にではなく、少しずつ試すこともできるわ。あなたが私に会いに来ることによって。仕事とは無縁の場所で、私との関係を育むことによって。子供が生まれたら会いに来ることによって」

「だめだ」ルカは決然と否定した。「きみは僕と結婚しなければならない。統計的に見て、子供は両親がそろっている家庭のほうが、よりよく育つ」

「統計的にはそうかもしれないけれど、両親の一方が天才的な億万長者で、もう一方が経済的に自立している場合は、一般化された統計とは違う結果が出るかもしれない」

「もしきみが赤ん坊を大切に思っているのなら、最善を尽くしたいと思っているはずだ」

「もちろんよ。あなたがこの赤ん坊のことを知ったのはたかだか十五分前だけれど、私はずっと前から知っているのだから」

「妊娠の件を僕に言う気はなかったんだろう?」


僕は一生知らないままだったかもしれない。それが最善だとポリーが考えていたと思うと、ルカはますます打ちのめされた。だが、感情に流されまいとした。いったん流されてしまったら、自分の人生を制御できなくなるからだ。彼はこれまで人生のあらゆる部分を完璧に制御してきた。さもなければ、誰かに、何かに支配されてしまうからだ。

父親はルカを軽蔑していた。息子の考えや行動のすべてを。そのような環境下で暮らし、父に蔑まれるたびに心に傷を負っていたら、ルカは流されていただろう。だから彼は自分の感受性を封印し、体や心ではなく、知性を磨くことに集中する術《すべ》を学んだ。

しかし今、ルカはポリーに深く傷つけられた。

ポリーはしぶしぶうなずいた。「そのとおりよ。知らせたらこうなるとわかっていたから。一方的な宣言と要求、そしてあなたの期待に応えるよう強いる……」

「僕が赤ん坊を欲しがると知りながら、きみは僕を赤ん坊から遠ざけようとしていたのか？」

「いいえ、正確には――」

「きみは僕と結婚する。さもなければ、子供の親権を巡って争う羽目になるだろう」

「よくもそんな……」彼女は殴りかからんばかりに一歩踏み出した。「私を脅すなんて信じられない」

「脅しではなく、事実だ。僕たちのどちらかが親権を持たなければならない。きみは、自分が母親だからというだけの理由で、親権は自分が持つべきだと考えている。だが、間違っている。僕のほうがきみよりはるかに資産を持っている以上、親権は僕が持つべきだ」

「経済的にはそうかもしれないけれど、感情面ではどうかしら？　子供を育てる資質に関しては、人間らしい感情をほとんど持たないあなたより、私のほうがはるかに親権を持つのにふさわしいわ」

「これでも僕は何も感じていないと言えるのか？」ルカは怒りをあらわにして彼女に近づいた。「僕はすべてを感じているから、こんなふうに憤慨しているんだ。そして、もし僕が毎日、一瞬一瞬立ち止まって感情について考えていたら、僕は何も成し遂げられていなかっただろう。自分の中にあるすべてのものを感じていたら、新しい発見は生まれなかっただろう。僕はおそらく、どこかの地べたに横たわり、自分の中に渦巻く苦痛に悶絶《もんぜつ》して頭がおかしくなっていたに違いない。僕だって感じている。ただほかの人と同じように感じていないだけだ。僕を取り巻く世界が僕を怒らせるんだ」

ポリーはそれにショックを受けたようだった。いい兆候だ。ルカはこれまで自分のことは話さなかった。愉快な話題ではないし、話すような相手もいなかった。だから、自分にとって世界がどのように機能しているかを説明する動機もなかった。

だが、今はある。

「僕のような子供がいたら、おもちゃの車にしか興味がなく、ほかの子供とどう接すればいいのかわからない子供がいたとしたら、どうする？　僕はそれがどういうものか知っている」

「だからといって、私に何かを強制する権利はないわ」ポリーは言った。

「僕を排除する権利もきみにはない。そして、二人とも譲歩するつもりがないため、行きづまっている。より強い力を持っているのは、強引に事を進めることができるほうだ。いとしい人《カーラ》、僕にはその力がある。その力にどう対応するかはきみ次第だ。危険を覚悟で突っ走るか、折れるか」

ルカは罪悪感を抱いていたものの、彼女の目に涙がにじんでも気にしなかった。

「わかったわ。あなたと結婚します。法的にね。あなたが求めているものを与える。その代わり、私をあなたの会社の副社長に任命して。でも、あなたの直属の部下にはならない。広報部門で働くわ」

「いいだろう」

「それから、あなたの家の敷地に私専用の棟を設けて。廊下であなたに会うことがないように」

「了解」

「つまり、あなたのペントハウスには住まないということよ。いい？」

「別にかまわない。僕は気にしない」

「お望みなら、あなたはペントハウスで暮らしてもいいのよ」

「僕は子供と同じ屋根の下で暮らす」

「お好きなように」ポリーは険しい視線を彼に注いだ。「ただ、もしあなたがこの状況を悲惨なものにする前に忠告しておくわ。私だってあなたを苦しめる方法を持っていると。私は互いの人生を地獄に突き落とすのに熱心だった両親のもとで育ったのよ」

「それは子供にとってどうなんだ？」

ポリーは殴られたような顔をした。「私はそうした醜い争いを子供から遠ざける方法を知っている。なぜなら、私の両親が実際にそうしていたから」

「きみの両親は、はたしてゲームにきみを巻きこまなかったと思っているだろうか？」

「ゲームの話はしないで。特にあなたがゲームをしているときは」

ルカは首を横に振った。「僕にとってこれはゲームではない。きみは僕の妻になる」

「言っておくけれど、私はあなたと寝ない」

「寝てくれと頼んだ覚えはない」

その言葉を最後に話し合いは終わった。

二人は昼食をとらずにプライベートジェットに直行し、ポリーは機内から電話で辞職を告げた。そして、夕刻にはローマの彼のペントハウスに着いた。

「すまないが、僕にはきみが想像しているような家はないんだ。今夜はここで我慢してくれ」ルカはそう言ってドアを指し示してから、自室に向かった。

部屋の中に入るなり、ルカは静寂に身を任せた。たった一日で人生が一変した。彼は、もし変化が起こるのであれば、長い時間をかけて着実に変わっていくのを好んだ。

とはいえ、許可が下り次第、ポリーと結婚するつもりだった。彼は変わる必要があった。

子供のために、すべてを変えるつもりだった。なぜなら、彼がこれまでしてきたことはすべて、母親への捧《ささ》げ物《もの》だったからだ。もし、自分の血を分けた子供に尽くすことができなかったら、この人生にどんな意味があるのだろう。

なんの意味もない。僕自身の存在価値もない。

ポリーは僕がよい父親になるとは思っていない。だが、彼女がどう思うかは問題ではない。重要なのは、僕が何をするかだ。

8

ポリーは呆然《ぼうぜん》としてベッドの端に座っていた。ルカに言ったことを深く後悔していた。気が動転していた。不必要に傷つけてしまったからだ。気づいたときには暴言を吐いていた。のと恐怖のせいで、そして、ルカは彼女が予期していたとおりの反応を示した。

ポリーは真実を話していなかった。彼を気遣うことが、こんな惨憺《さんたん》たる結果を招くとは思っていなかった。

すでにルカを気にかけていたこと——それが問題だった。彼女は自分の意思に反して、ずっと前から彼のことを気にかけていた。そして今、半ば強引に彼に引きずり戻された。ミラノでの仕事を辞めて。もしその仕事に愛着を抱いていたのなら、もっと抵抗していたかもしれない。

実のところ、〈ファッションハウス〉のマーケティングに関心を持つのは難しかった。どうしても、世界を変えつつあるルカの仕事と比べてしまうからだ。ポリーは彼の下で働いているとき、自分も彼の偉大な仕事に寄与しているのだと感じていた。彼のしていることを強く信じていた。だから、彼女の一部は、再びルカの会社で自分にふさわしいポジションで働けるのを喜んでいた。

とはいえ、この状況に満足しているわけではなかった。

ポリーは自分が発した脅しのせいで自己嫌悪に陥っていた。自分の都合で両親と同じような言動に走るのは、卑劣じゃない？

両親はとても残酷だった。彼らの感情はポリー次第でころころ変わり、つらくてたまらなかった。

そして追いつめられたとき、彼女も同じ行動に出た。ルカを操ろうとし、弱点を利用して相手を傷つけたのだ。

ポリーは自分自身に深い不満を抱いていた。けれど、この状況全体に対してとても神経質になっていて、どうすればよいのかわからずにいた。ルカが人との接し方を知らないからといって、非難する資格はない。

結局のところ、ポリーは最も抵抗の少ない道を選んだ。臆病だったから。

ルカと結婚しなければ、子供の養育権を奪われかねない。なにしろルカ・サルバトーレは億万長者なのだ。

さらに言うなら、ルカと何かを分かち合うこと、とりわけ子供を分かち合うということは、疲れるし、不可能に思えた。

でも、あなたが本当に恐れているのは、どっちつかずの状態に置かれることじゃない？　心の声が問う。

ええ、たぶん。

本当に耐えられないのは、ルカと一緒にいることではなく、一緒にいながら、実質的には一緒にいない生活なのかもしれなかった。

ポリーの理想のシナリオでは、彼と一緒にいる必要はまったくない。ルカが彼女にとっていちばん気にかかる存在であることを無視すればいいのだから。

彼を消し去ることができれば……。

けれど、そんなことはできない。だから、彼と結婚するほうが、いろいろな意味で楽に思えた。彼の近くに住み、彼に会い、彼と接するよりも。

そのことはポリーに、自分の弱さを感じさせた。実のところ、今の私は弱いのかもしれない、と彼女は思った。ほんの少し。

今の彼女は冷静沈着なポリー・プレスコットではなかった。

ポリーは疲れきっていた。立ち上がり、目を拭う。彼に謝りに行くべきだ。

けれど、怖かった。彼の部屋に行ったら何が起こるかわからないからだ。ルカが何をするかではなく、私が何をするかが。

この一カ月、彼は夜な夜な、夢に出てきた。恐ろしいことに、彼が恋しかったのだ。彼の腹立たしいところさえも。

彼を愛するなんて、あまりに残酷だ。

〝僕はすべてを感じている……〟

その言葉はポリーの琴線に触れた。けれど、そのことを考えたくなかった。彼がほかの誰よりも多くを感じている可能性を。

ルカは気にも留めないだろうと自分に言い聞かせていたときは、彼を無視するのは簡単だった。しかしポリーは、彼がどれほど気にかけているかを目の当たりにした。自分の冷淡さ、他人の本当の姿を見ることのできない自分の至らなさを、彼は気にしていたのだ。

私も彼と同じことをしてきたのだと、今ならわかる。彼を責める資格はない。

多かれ少なかれ、誰もがそうした一面を持っているのは明らかだ。なのに、ルカは他人を思いやることができない人間だと決めつけ、それを前提に彼に対処しようとしてきた。私はなんて浅はかだったのだろう。

誰もが自分自身を主人公にしている。私もそうだった……。

ポリーはベッドに横になり、泣くまいと努めながらも、涙が目にあふれた。

娘の誕生日を両親が忘れていることに気づいたとき、ポリーはあまりに情けなくて泣いた。両親はハイテンションで、週末の旅行を計画していた。彼女は九時に自分で夕食をつくり、ベッドに入った。

そして、泣いた。けれど誰も気にかけてくれなかった。以来、欲しいものを得られないからといって、悲しんだり泣いたりしなくなった。

ポリーは今、自分が置かれた状況と同じくらい手に負えない男性のために泣いていた。

今回はローマに逃げることもできない。なぜなら、ルカはそこにいるから。

ポリーの長い逃避行は、ついに終わりを迎えたのだ。


翌朝、ポリーが起きたときには、ルカの姿はどこにもなかった。

それも当然だった。もう彼がオフィスに出かける時間はとっくに過ぎていたのだから。

ポリーは比較的なじみのあるキッチンを手際よく見てまわった。互いを避けるために新しい家を用意するよう彼に要求したのは、子供じみていたかもしれない。けれどあのとき、彼女は激怒していた。

二人には話し合いが必要で、ポリーは彼と対等の立場になる方法を見つける必要があった。これまではそうではなかったからだ。

そのことでポリーは昨夜、眠りに落ちる寸前まで自分を責めていた。

最高級のエスプレッソ・マシーンでコーヒーをいれたあと、彼女は窓際に立ち、眼下に広がるローマの街並みを眺めた。どうやってここまで来たのかを完全に理解するのは難しかった。

五年がかりだった。

彼への思いが募るのを無視し、欲望を満たすのを拒み続けた。そう、それが問題だった。自分の潜在的な欲望が。けっしてルカに執着していたことが問題なのではない。

ポリーは歯を食いしばった。妊娠ホルモンが女性を感情的にさせるという話は聞いたことがある。けれど、妊娠ホルモンが女性に大胆なほど正直になるよう強いるという話は聞いたことがなかった。

リビングルームのかなりを占める、とてつもなく大きなソファに座ったとたん、背後でドアが開き、ポリーは飛び上がりそうになった。

「ルカ……」

「ああ」彼は応じた。

「あなたがいるとは思わなかった」

「なぜだ？」

「仕事中だと思っていたからよ」

「なぜだ？」ルカは重ねて尋ねた。

「あなたの日課だからよ」ポリーは答えた。彼とここに座って仕事の話をするなんてばかげている。それを言うなら、この数日間はもっとばかげていたけれど。二人は生まれたままの姿で抱き合い、私は彼を満喫した。彼は私の中にいて……。なのに、彼は仕事のことで私を追いかけてきた。そして、私が彼の子を妊娠していると知るや、結婚するよう説得して……。

「僕は仕事をしていたんじゃない。結婚許可証を取得する手続きをしていたんだ」

「なんですって？」

「結婚するんだ、今すぐに」

「今？」

「もう少し待ったほうがいいか？」

「私は……結婚式を挙げるものだと……」

「そうだ。ただ、伝統的なものではないし、儀式ずくめの式でもない。ただ単に、すべてがあるべき姿であることを保証するための法的な手続きだ」

「ああ……そうなのね」

ポリーは結婚について本気で考えたことがなかった。自分が結婚するなんて夢にも思わなかった。

彼女は自分の内面を見つめ、ウエディングドレスを着て豪華な結婚式を挙げられないことに悲しみや失望を感じないか探った。

ポリーはそんな結婚式は望んでいなかった。ルカの父親は来るだろうか？ 私の両親は？ ばかばかしい。盛大な結婚式を挙げたら、私も彼も胸に痛みを覚えるだけだ。トラウマのせいで。

「ニュースになるでしょうね」ポリーは指摘した。

「僕は現実的なことで知られている。誰もなんとも思わないだろう。とにかく、これは本物の結婚式だ。見せかけじゃない。僕たちは結婚し、きみは僕の子供を産む」

「シンガポールでのサミット中に、あなたの感動的なスピーチのあと、私たちがこっそり逃げ出したという記事も出たわ」

「そうなのか？」

「ルカ、あなたは本当に自分に関する記事を読まないの？」

「知ってのとおりだ。他人の評価なんてまったく興味がない。だから読まないんだ」

「立派だわ、ルカ。でも、ほかの人にはあなたのまねはできない」

「僕は〝ほかの人〟ではない」

ポリーはため息まじりに言った。「ええ、間違いなく。そんなわけで……私はきのう言ったことを謝らなければならないようね」

「歓迎するよ」ルカは鷹揚《おうよう》に言った。

ポリーは腹立たしくなった。彼は自分に非はないと考えているの？「私たち二人とも、本心でないことを言った」

「いや、言ってないよ」

「あなたは言っていないと？」

「そうだ。僕は本音しか口にしない。ポリー、きみは僕のことをもっとよく知るべきだ」

「つまり、自分の思いどおりにするために甘言を弄したり駆け引きをしたりはしなかったというの？」

「もちろん、自分の思いどおりにするために言ったことは間違いないが、だからといってそれが本心ではないわけではない」

「私は……いえ、なんでもない。気にしないで」

「きみは傷ついているように見える」

「いいえ、本当に大丈夫だから」

ルカは肩をすくめた。「それならいいが。今みたいなことを言ったのは、きみが初めてじゃない」

つまり彼は、私のことを基本的にほかの人たちと同じだと思っているのだ。ポリーは愕然《がくぜん》とした。

「さあ、行きましょう。そしてさっさと終わらせましょう」

「きみは僕に腹を立てている」ルカが言った。

「よく気づいたわね」ポリーは立ち上がった。「着替えたほうがいいかしら？」

「いや、その必要はない」

ポリーは柔らかな素材の黒いズボンとそろいのシャツを着ていた。「でも、着替えるべきよ」

「結婚式だから？」ルカはスーツを着ていた。

「いいえ。あなたの隣でみすぼらしく見えるのはいやだから」

彼の隣に立つと、誰であろうと、なんであろうと、みすぼらしく見えてしまう。ルカ・サルバトーレはいつだって華やかだった。

ポリーは寝室に行き、ルカがそこに置いていた服から一着を選んだ。柔らかなブルーのニットのドレス。とてもすてきで、彼女の体型を美しく見せた。それからメイクに取りかかった。肌色の口紅と光沢のあるアイシャドーを少々。チークも入れた。そうしないと死んだ花嫁みたいになるからだ。

そう、私は彼の花嫁になるのだ。

リビングルームに戻り、ダークスーツに身を包んだルカを見た瞬間、ポリーの中で真実がゴングのようにはっきりと鳴り響いた。彼と結婚することにさほどの違和感はなかった。もし誰かと結婚するとしたら、相手は彼以外には考えられなかったからだ。ルカは彼女の人生で最も深い絆《きずな》で結ばれている人だった。ベッドを共にする前から。彼はポリーにとって唯一無二の存在で、ほかの誰とも異なる。もう二度と彼に触れたくなかった。彼を愛するのはこの世で最悪のことだから。

ポリーは自分にそう言い聞かせたものの、以前ほどの確信はなかった。「さあ、行きましょう」そう言って自らを鼓舞する。

ネクタイが曲がっていることに気づき、習慣と衝動から、ポリーはそれをまっすぐにしようとルカに近づいた。そして、ネクタイに触れるなり、彼の体から放たれる熱と匂いを意識した。息遣いも。彼女は直し終えるとすぐに彼から離れた。「これでいいわ。すべて順調」

「ああ」ルカは言った。

二人はペントハウスを出てロビーに下りた。ルカは待機していた車のドアを開けてくれたが、ポリーは彼に触れないよう細心の注意を払って乗りこんだ。

連れていかれた小さなビルは、単なる登記所にすぎないが、由緒ある建物らしかった。

「イタリアで婚姻届を出すのはもう少し複雑だと思っていたわ」

ルカは笑った。「億万長者なら、どうにでもなるのさ。もちろん、僕たちの資産を守るための書類は整える」

「婚前契約？」

彼はうなずいた。「そうするのが理にかなう。僕たちが合意した条件を守るために」

「もう書類は作成済みで、あとは署名だけ？」

「ああ」

そのとき、ポリーは思った。彼が富を追求する理由は、そうした利便さを手に入れるためなのかもしれない、と。彼は贅沢《ぜいたく》を楽しんでいるようには見えなかったからだ。

私は億万長者と結婚するのだ――その考えに、ポリーは少し違和感を抱いた。

二人は司祭の前に連れていかれた。式次第はイタリア語で進められ、ファンファーレも誓いのキスもなかった。あくまで法律上の儀式だった。

書類に署名したあと、ポリーはさらに結婚の合法性や道徳性に支障がないことを明らかにする追加の書類に署名しなければならなかったが、時間はさほどかからなかった。

結婚式を大げさに考えて少々身構えていたポリーは肩透かしを食らった気がした。実際は、なんでもなかった。これこそルカの真骨頂だとポリーは思った。すべての関心はビジネスに注がれ、ほかには目もくれない。

車に戻ると、ルカは彼女をじっと見つめた。「これできみは僕の妻だ」

淡々とした口調にもかかわらず、ポリーの中で燃えるものがあった。彼の目にも熱があるのを認め、息苦しさを覚えた。

「そして、あなたは私の夫よ」そう言った瞬間、ポリーはその言葉の続きを噛《か》み砕《くだ》くかのように、唇をすぼめなければならなかった。急いで窓の外に目を向けたものの、籠に閉じこめられた鳥のように、胸がどきどきした。

二人とも、この結婚がセックス抜きであることに同意していた。ポリーは副社長としてルカの会社で仕事をすることになる。赤ん坊は二人で一緒に育てるつもりだった。

ポリーは彼の横顔を見た。どんな感じだろう、ルカと一緒に赤ちゃんを育てるというのは？　まだ具体的に想像したことはなかった。彼女は大きな変化の波に巻きこまれていた。彼との別れを決意したことから始まった変化の波に。挙げ句の果て、彼との結婚に行き着いた。一連の出来事に、ポリーはいまだに唖然《あぜん》とすることしきりだった。

ふと、めまいを覚えた。ここ数週間、体調が優れなかったが、めまいはずっと続くわけではなく、体調が悪いと感じた瞬間に生じた。

ルカが彼女を気遣わしげに見た。「具合が悪そうだ」

「私なら……大丈夫」今にも倒れそうだと彼に知らせたところで、どうにもならない。ルカに弱さを見せて何になるの？

私の両親はその弱さにつけこんだ。ルカも赤ん坊を利用して私に結婚を強いたのだ。

でも、とポリーは思い直した。彼は確かに、赤ん坊を利用して私の弱みにつけこんだと言ってもいいけれど、両親と微妙に違うのは、私を操ろうとしたのではなく、私の目の前に手持ちのカードをすべて並べたことだ……。

その考えを、ポリーは脇に押しやった。以前のようにルカに腹を立てることはないが、信用することもできなかった。

ポリーは誰も信用できなかった。今まで誰かを信用したことはないし、これから信用しようとも思わなかった。彼女は傷つきやすかった。これまで以上に。おなかの中で新しい命が育っているがゆえに。そして、その命をどうやって育てていくかを考えなければならなかった。

その事実がポリーを動揺させた。というのも、自分自身と向き合ってきたかどうか確信が持てない事柄があったからだ。子供を育てるということに考えが及ぶたび、ためらうような事柄が。子供は母親である私を頼りにし、私から人生のなんたるかを学ぶことになる。でも、私はけっして手本にはならない。まったくの不適格者だ……。

「どうした？」ルカが尋ねた。

「圧倒されているの。赤ちゃんを育てるということに。結婚したという事実にも。あなたにも理解できるでしょう？」

「ああ。だが、きみは体調が悪いんじゃないか？」

答える前に車が止まり、ポリーはシートベルトを外し始めた。ルカは先に車から降りて彼女の側にまわり、ドアを開けた。そして腰をかがめ、手を伸ばして彼女を軽々と抱き上げて降ろした。

ポリーはどぎまぎした。シンガポールでのあの夜まで、彼は一度も彼女に触れたことがなかった。そして、彼の触れ方は決然としていて、威圧的で、間違いなくエロティックだった。

けれど、今回は……。

ルカは彼女を壊れやすい何かのように抱いた。まるで貴重品であるかのように。そして彼女の頭を自分の胸に押しつけた。

ポリーは彼の胸の鼓動を聞いた。それは彼が紛れもなく人間であることを思い出させた。彼女がルカに何を言ったとしても。彼がどんなふうに振る舞おうと。

再び罪悪感に襲われた。ポリーは一度、彼に謝った。しかし、それが本心からだったのかどうか、定かでなかった。彼に苦痛を与えたことを本当に認めたというより、自分の罪悪感を和らげるためだったのかもしれない。

ルカに抱き寄せられ、ポリーは彼を感じた。彼のぬくもり、彼の強さを。

ポリーは周囲の視線を気にしなかった。というより、自分と彼以外、ほかに誰もいない気がした。

めまいがして、頭がくらくらする。もしかしたら、本当に病気のせいかもしれない。胸の奥から湧き起こる、この泡立つような感情は。

ルカはエレベーターの中でも彼女を抱き続けた。沈黙が続く中、ポリーは二人の呼吸の音を痛々しい気持ちで聞いていた。

エレベーターが最上階に着いてドアが開くと、彼はポリーを抱いたままペントハウスへといざなった。そして彼女をソファに下ろしてからキッチンに行き、彼女のためにお茶をいれ始めた。

「ハーブティーだ」ルカが言った。「胃が落ち着くよ。シナモンは好きだろう?」

ポリーはいつもコーヒーにシナモンをまぜて飲んでいた。スパイスケーキや似たようなお菓子をよく買ってもいた。シナモンが好きなことをルカが知っていたことに、彼女は驚いた。「どうして知っているの?」

「僕は何年もきみと一緒にいて、食べたり飲んだりするのを見てきた。そうだろう?」

「ええ、でも……」

「僕が気づいているとは思っていなかった?」

ポリーは顔をしかめた。「ええ。けれど、気づかなかったのは、私があなたのことをどう考えているかというより、自分自身についてどう考えているかを物語っているように思うの」

ルカは眉をひそめた。「そうなのか?」

ポリーは苦しげなため息を長々と吐いた。「ええ、そうよ」彼女はしばらく床を見つめたあとで、言い添えた。「ごめんなさい」

9

ルカは取りつかれたかのように彼女を見た。「きみはもう謝ったじゃないか」

「いいえ、自分が悪いと思ったから謝ったんじゃない。私が今謝ったのは、あなたを傷つけたとわかっているから。なお悪いことに、あなたは非情だと批判しながら、私はあなたを傷つけようとした。あなたが非情でないことはわかっていたのに。さもなければ、あなたを侮辱したりしない」

ルカは驚いた面持ちで、紅茶の入ったマグカップを持ったまま動きを止めた。

「本当にごめんなさい。あなたに対してあんなふうに振る舞うべきではなかった。私は怒っていて取り乱していたし、あなたと戦っても勝てないとわかっていた。それで、つい暴言を吐いてしまったの。弁明の余地はないわ」

ルカは顔をしかめた。「僕はきみと赤ん坊にここにいてほしかった。それを半ば強いたことをどう謝ればいいのかわからない」

前に彼が言ったこととは少し違う気がしたが、彼がすべてにおいて正直なのは確かだった。

彼のしたことは、ポリーが両親と暮らしていた破滅的で醜悪な大惨事とはまったく違った。

父が娘のために何かよいことをするのは、たいていの場合、母を怒らせるためだった。逆もまたしかり。ポリーは、父が妻を、あるいは母が夫を怒らせるための駒として使われていたのだ。そしてまた、両親は怒りを彼女に向けるのが大好きだった。

どんな感情も、たいていの場合、それを額面どおりに受け取ることはできない。しかし、ルカ・サルバトーレにはあてはまらなかった。

確かにルカがしたことは強引だが、彼の目的はきわめて明確だった。そして、達成した。それこそがルカだった。

ポリーは喉をごくりと鳴らした。「でも、あなたは少なくとも誠実だった」

彼は眉根を寄せた。「だが、もしきみを傷つけたのなら、すまない」

二人の視線がぶつかった。彼の目には誠実さがあり、これまで以上にすがすがしく、澄んでいた。

「ありがとう」ポリーは、彼にどんなふうに傷つけられたかを表現する言葉を持たなかった。

彼女は愚かな乙女で、それが問題だった。

ポリーは、ルカが情熱的な恋に落ちるような男性にはなれないことを知っていた。

なのに、恋心を感じている。

彼にも感情があると信じていたからではなく、真実の愛が少なくとも一つはあると信じていたからだ。それは世界を癒やすもの——薬だった。一途《いちず》なルカがその一途さをどうやって別のものに向けようとしているのか、ポリーは理解に苦しんでいた。

ミラノの石段の上で声をかけられたとき、彼女はルカが自分のために来てくれたのだと確信した。実際は、仕事に復帰してくれと頼みに来たのだ。そして、妊娠したことを彼が知っていると思いこみ、恐怖を感じていた。しかし……。

ルカがマグカップを持ってきて、ポリーに手渡した。指先が彼の手に触れる。

彼がポリーのボスになって五年になる。そして今は彼女の夫だ。それ以上に、ルカは彼女のおなかの中にいる赤ん坊の父親だった。

冷淡で現実的なのはポリーのほうだった。

写真に鋏《はさみ》を入れて一部を切り取るかのように、ルカを自分の人生から切り離すと決めたのは、ポリーだった。残酷な言葉で。二人が初めて愛し合ったあと、ルカから逃げる道を選んだのと同じく。

ポリーは彼のことを自分の両親と重ね合わせて見ていた。あたかも彼が怪物に変身するかのように。

ルカは気難しいが、彼女はそのことを理解していた。ルカはいつも彼そのものだった。どこまでも彼自身だった。そしていつも誠実かつ率直だった。

隠していたのはポリーのほうだった。彼女はいつもそうだった。彼にだけでなく、誰に対しても。おそらく自分自身にも。

ルカはポリーの向かいの椅子に移り、彼女が紅茶をゆっくりと一口飲むのを見守った。

「あなたが私に何かを持ってきたのは初めてね」ポリーはカップに目を落としたまま言った。

「きみは今、僕のために働いているわけではない」

「厳密に言えば働いているわ、あなたのために」

「僕はきみのボスではない。僕の下ではなく、隣にいるべき人だ」

彼女は笑った。

「なんだ？」

「私はあなたの下にいた。だからこんな状況になったんでしょう」

なぜそんなことを急に言い出したのか、ポリーは自分でもわからなかった。けれど、口にしただけで、下腹部がきゅっと締まった。彼女はルカの体を知っていた。知らないわけがない。彼に触れること、彼を味わうことがどんな感じか知っていた。

心は読めないが、ルカが自分の中でどんなふうに動くかは知っていた。

その動きを思い出し、ポリーは内心で赤面した。

「確かに」ルカはおもむろにうなずいた。それからしばらく考えこむような様子を見せたあとで言葉を継いだ。「妙なことだ。僕は同じ女性とは一度しか関係を持たない主義なのに」

ポリーは目を見開いた。「衝撃的な事実ね」

「僕はきみの唯一の恋人だった。だから、気になるのか？」

ルカがいずれそれを持ち出すこと、そしてそのときは率直に話すだろうと、ポリーは予期するべきだった。「それはどうかわからないけれど、もしかしたら、今のあなたの告白で、私たちが対等な関係にあるように感じたからかもしれない」

「僕はきみに、対等な関係になるチャンスを提供したい。性的関係を持った二人に力の差があるのは適切ではないと見なされているから」

「適切ではないと考えられているのよ」ポリーは不本意な笑い声をもらさないよう努めながら言った。「でも、セックスのこととなると、人はしばしば不適切な行動をとるものよ」

「僕は違う。少なくともきみと会う前までは。だが、厳密に言えば、あの夜、きみは僕の秘書ではなかった」

「あら、あなたがキスをしたのは夜中じゃなかったかしら」

「シンガポールではね。だが、ローマは何時だったと思う？」

ルカが本気で言っているのか、それとも冗談なのか、ポリーは判断しかねた。「そんなのはどうでもいいでしょう。取るに足りないことよ」

「僕はそうは思わない。あの夜、僕はきみに触れたくてたまらなかった。あのドレスを着たきみを見て、僕が初めて興奮したと思っているのか？」

彼の真剣な表情に不意を突かれ、ポリーはショックを受けた。彼は常に何事にも真剣であるにもかかわらず。「だったら、教えて。いつから興奮を覚えるようになったの？」

「四年前の五月二十四日。午後三時半だった。きみは僕のオフィスにいた。窓のそばに。その時間帯、陽光はちょうど向かいのビルを通り抜け、僕のデスクのすぐ近くの床に差しこむ。きみがコーヒーのカップをデスクの上に置いたとき、きみの髪が陽光を浴びてきらきら輝いた。僕はきみから目をそらせなかった。そして、僕が本当に望んでいたのは、きみに触れることだと気づいた。席を立ち、キスをしたかった。だが、できないとわかっていた」

「なぜできないの？」ポリーは心臓が止まった気がした。「あなたは億万長者で、望めばなんでもできるのに」

「いや、部下に手を出すことは、人事部の規定に触れる」

「それを気にしていたの？」

「もちろん。ルールがないと誰かが傷つく恐れがある。僕はもう絶対に人を傷つけたくない。すでに充分に傷つけているに違いないから」

ポリーの胃がよじれた。「なるほど」

「ルールはとても大事だ」

「知ってのとおり、そのルールを無視する男性はたくさんいる。そして、あなたと違って、彼らは少しも気にしない」

「もし僕がまわりの人を気にかけていなかったら、医療に人生を捧《ささ》げたりはしなかっただろう。きみを傷つけたいと思ったことは一度もない。なのに結果的に傷つけてしまったことを後悔している。だが、きみがここにいることは後悔していない。きみが僕の子供を身ごもったことも」

「子供が欲しかったから？」

「いや。だが、実際に我が子がきみのおなかの中で育っていると知って、まったく違う考え方をするようになった」

「以前はどう考えていたの？」

「子供のことなど考えもしなかった。僕は常に避妊具を使っていたし、一夜限りの関係以上に発展させるつもりはなかった。決まり文句のように聞こえるだろうが、僕の恋人はずっと仕事だったから、僕の人生に恋愛や結婚が入る余地はなかった」

ある意味、彼の生き方はポリーとよく似ていた。子供はつくらないとはっきり考えていたわけではないが、恋人はいなかった。「でも、今は子供が欲しいのね？」

「欲しい。今はまだラズベリーくらいの大きさではあっても。ただ、医療の専門家として、無事に出産にこぎ着けられない可能性があることもわきまえている」

「そんな可能性は考えたくないわ」

「本当に？　流産したほうが楽だ思ったことはないのか？」

ルカは残酷なことを言おうとしたわけではないとわかってはいても、ポリーは打ちのめされた。

「そう考える人もいるでしょうが、私は一度も考えなかった。一瞬たりとも。実際……」ポリーは泣きだした。そして恐怖に襲われ、泣きじゃくった。自分の中で育ちつつある命が奪われるのを恐れて。しかしそのことで、自分が心の底から赤ちゃんが欲しいと願っていることが鮮明になった気がした。

「僕もきみに赤ん坊を失ってほしくない」

「私の父と母はひどい親なの……」

ポリーはこれまでは両親について話したことがなかった――誰にも。

「本当に二人ともひどい親だった。お互いに、そして娘の私に対しても。精神的な虐待に等しかった。だから私は仮面をかぶるのが得意になった。だから、無防備になるのが嫌いなの。不意打ちを食らうのも。それで、私はいつも、何が起きているのかわかっていなくても、わかっているふりをするようになった。そうしないと、つけこまれるから」

「知らなかったよ」ルカは言った。「きみのご両親がそんなだったとは」

「当然よ、これまで誰にも言わなかったから。インディアナでの両親との生活や、それを捨てようとしたことを」

「インディアナ出身であることは、履歴書に書いてあったから知っていた。だが、きみは故郷のことを一度も話したことがない」

「何も言うことがなかったから。もうあの女の子とは決別したの。私は新しい国に移って、別の女の子になった」

「なんてことだ」ルカは憤慨した。「僕は自分という男として生きる方法しか知らない……」

「ええ、そうね」

しばしの沈黙のあと、ルカが口を開いた。

「僕はきみを解放し、僕たちの関係を対等なものにしたいと思う。だが、きみがほかの男に肌を許すという件に関しては、僕は公平でも公正でもいられない――ビジネスのようには。だからその点で、僕は変わったのかもしれない。四年前の五月二十四日を境に」

その言葉には、とても切実で心ときめくものがあった。ポリーはシナモン風味の紅茶を一口飲み、ソファにもたれた。すると、すぐに眠気を感じ、カップをテーブルの上に置いた。

ルカはそれを持ち上げ、コースターを敷いた。

「眠るといい。僕はここにいるから」

一時間ほどして目を覚ますと、約束どおり、ルカはそこにいた。特異なことだ、とポリーは思った。彼は今日、仕事に行くはずだったからだ。

翌朝、ポリーは体の不調を感じながら目を覚ました。その日も、ルカは仕事に行かなかった。次の日も、その次の日も。

これまで彼女のために自分の予定を変えた人は一人もいない。ポリーはルカの行動をどう解釈したらいいのかわからなかった。ただ、胸の真ん中が痛くなった。

キッチンに行くと、ルカが料理をしていた。食事をつくるスタッフがいないかのように。指を鳴らすだけで料理が現れる魔法が今日は使えないかのように。

「何をつくっているの?」ポリーは自分の声がいやに小さく聞こえるのを意識しながら尋ねた。

「オムレツ、たんぱく質、野菜」

ポリーはたんぱく質や野菜には興味がなく、いつもクッキーが食べたい、などと彼に言うべきではないとわかっていた。ルカはきっと顔をしかめるだろう。〝赤ちゃんに砂糖入りの加工品だって? ありえない〟と。

ただし、赤ん坊はポリーの子でもある。だから砂糖は必要だ。

突然、この男性と一緒に暮らし、妥協し、協力して子供を育てることが、気重になり始めた。

ポリーはキッチンのアイランドに座り、身を乗り出した。「オムレツはいただくわ。ありがとう。でも、今は甘いものが欲しいの」

案の定、ルカは顔をしかめた。「不健康だな」

「それはさておき」彼女は反論した。「今、私が欲しいのは甘いものなの。もちろん健康に気をつける食事は大切だけれど、幸福感も健康の一部よ」

「それは独りよがりの論理だな」

「いいえ、本当よ、ルカ。私たちはただ物理的な世界を動きまわっているだけではない。それ以上の存在なの。それはあなたがいちばんよく知っているんじゃないかしら。物理的な秩序があなたの心にどんな影響を与えるか。それは物理的なことじゃない。飛行機の中でノートを三冊持っていなくても、肉体的にはなんの影響もない。でも、持っていないと落ち着かない。そうでしょう?」

「つまり、甘いものがないと気分が悪いときみは主張しているわけだ」

「そのとおり」

「ふうむ……」

「さて、オムレツをいただこうかしら」

彼はオムレツをテーブルの上に置いた。「どうぞ召し上がれ」

「ありがとう」ひとまず礼を言ってから、ポリーは続けた。「でも、私たちがお互いにどう違うのか、それが私たちの生活や子育てにどう影響するのか、話し合う必要があると思うの」

ポリーは咳払《せきばら》いをした。

「気を悪くするかもしれないけれど、あなたはとてもこだわりのある人よね？」

「気を悪くはしないよ、事実だから。それで？」ルカは促した。

「私はいつも健康的な食事をしているわけじゃない。甘いものが好きなの」

「僕も好きだよ」

ポリーは目を見開いた。「あなたが甘いものを食べているのを見たことがないけれど？」

「しょっちゅう食べているわけじゃないからね。何事もほどほどに」

「まあ、そうね。私はとにかく、世界中の医学雑誌が提供する食事に関するデータで子供を縛りたくないの」

「わかった」ルカは言った。「ただし、おやつに反対はしないが、食事に関しては『世界小児科ジャーナル』を参考にしてほしい」

「普通の親はそんなことはしないわ」ポリーは反論した。

「僕は〝普通の親〟ではない」

その点については、ポリーは反論できなかった。

反論したくもない。なぜなら、ルカがハーブティーの入ったマグカップを彼女の前に置いたとき、胸がときめくのを感じたからだ。

こんなふうにポリーのことを気遣ってくれた人は初めてだった。これまでたくさんの人を世話してきたにもかかわらず。

朝食と一杯のお茶。二、三日の欠勤。それは本当に小さなことかもしれない。しかし、ルカにとってはそうではないことを、ポリーは知っていた。

「それがあなたにとってそんなに重要なことなら、そうするわ」彼女は言った。「私たち二人の間に何が起ころうと、それをけっして赤ちゃんに波及させないことが、私にはとても重要なの。ルカ、あなたが私をいらいらさせるときもあるでしょう。でも、私はそれを子供に悟られたくない。あなたの機嫌や私の気分が、子供たちに悪影響を及ぼすようなことは絶対に避けたいの」

ルカはゆっくりとうなずいた。「同感だ」

「そして、子供を第一に考えることが大切だと思う。そのためには、ときに仕事を犠牲にしなければならないでしょう。私は、しばしば姿を消してしまうような父親は欲しくないの」

「きみは、僕が完全にいなくなってもかまわないと思っていたはずだが？」

「そのほうが楽だと思うこともあるわ」

ルカは目をそらした。「子供にとっては違うんじゃないか？　母が死ぬと同時に、僕の周囲から優しいものはすべて消え去った。僕を見てほほ笑んでくれる人はいなくなった。あらゆる支えを失った。それで、月に一日でも、一年に一日でもいいから、母と一緒にいられたらと、何度思ったことか……」

ああ、ルカは孤独で、傷つきやすい少年だったのだ。おそらく今もその少年は彼の中に生きている。

そんなふうにルカのことを考えるのが、ポリーはいやでたまらなかった。

結局のところ、私はルカのことを気にかけているのだ。そして大切に思っている……。

「そうね」ポリーは喉をふさぐ塊をのみこもうとした。「でも、あなたのお母さまはご自分の意思であなたのもとを去ったわけではない。お母さまがあなたにしてくれたよいことばかりを覚えているから、あなたはお母さまのことを懐かしく思い出すのよ。さらに言うなら、お母さまの人生であなたは最も大切な存在だったから。そして今、あなたも私もおなかの子にとって大切なことをしている。赤ちゃんが生まれたからといって、それが消えたり、否定されたりすることはない。私たちは二人とも、愛するものを諦めてはいけない。けれど、もし私たちが愛するもののリストをつくるとしたら……」

「子供がその筆頭だ」

「そうね。そして、少なくとも子供はそう感じるべきだと思う」

「きみはまだ、僕が子供を愛するのは難しいと思っているのか？」

ポリーは肩をすくめた。「私もあなたも、この状況に慣れるまで相応の時間を費やさなければならない。そして、私たちは二人とも仕事が大好き」

「きみは仕事が好きなのか？」ルカは疑わしげに尋ねた。

「私は五年間、あなたとこの会社に自分のすべてを捧げてきた。なのに、どうして私が仕事を愛していないと思うの？」

「きみは自ら仕事をなげうった」

「ただの秘書では飽き足りなくなったからよ」

「まるで自分が取るに足りない人間であるかのように言うんだな。まあ、僕にとってそのような存在だと、きみは思いこんでいるのだろう。だが、それは間違いだ。仕事に復帰してもらおうと僕がミラノに飛んだことを、きみは過小評価してる」ルカはかぶりを振って続けた。「僕はプライドを捨ててきみを追いかけたんだ。きみを取り戻す必要があったからだ。僕にとってきみは必要不可欠な存在だった。きみがそれを知らなかったとは思えない」

確かに、私はルカの仕事をいろいろな面でサポートしていて、私がいなくなったら困るだろうとは思っていた。けれど、それはあくまでも仕事に関わることに限られていると思いこんでいた。実際は、ボスとしてのルカと一人の男性としてのルカの間に明瞭な境はなかった。私を連れ戻しに来たのは、公私両面で私のいない生活に耐えられなかったからだと彼は認めたのだ。

「まあ、ある程度は。あなたがミラノにやってきた本当の動機を見抜けなかったことは申し訳なく思っている。今ならわかる。だから、説明させて。私が辞めたのは、逆説的だけれど、ずっとあなたの秘書でいることができたからなの。でも、それは私がやりたい仕事ではなかった。だから、環境を変える必要があった。さもないと、いつまでも望んでいる仕事に就けない。でも今、状況はまた変わった。私もあなたもそれに応じて変わっていかなければならないと思うの」

「たとえそれがオムレツを食べることを意味するとしても？」

ポリーはフォークで一口分、オムレツを切り分けた。「これは永続的な変化じゃないわ。私はただ単に、あなたにの好きにさせているだけよ」

「僕は幸運な男だ」ルカはまた彼女をからかった。

「それから、ありがとう」ポリーは言った。「私の面倒を見てくれて」

「当然のことをしたまでだ」

10

翌日、ルカは仕事に戻った。片づけなければいけない仕事があり、しかも重要なものばかりだった。それでも彼はここ数日、ポリーの健康と気分を気遣って、すべての仕事を脇に置かなければならなかった。最初は少なからず不快感を覚えた。自分のルーティンを捨てること、長期間オフィスを空けることに。だが、やがてそれらがよいことだと気づいた。

彼はポリーの言ったとおりになってほしいと思った。自分の人生を立て直したいと思った。

ルカは赤ん坊との間に強いつながりを感じていた。まだ生まれてもいない子供に。そのため、よき父親になれるよう、すべてを立て直したいという切実な衝動を覚えていた。

子供を拒絶したり、辱めたりするような父親ではなく、何があっても子供を大切にする父親にならなければ。

この気持ちを持ち続けたいとルカは強く思った。そのとき、仕事をしながらもポリーと子供のことをより多く考えていたことに気づいた。

オフィスにいるときに仕事以外のことを考えるなど、めったになかった。ルカは一心不乱に集中することで、成功を収めてきたのだ。そして今、彼は子育てにおいても一心不乱でありたいと願っていた。子供を常に自分のそばに置いておきたいと思った。

多くの点で、ルカは自分の母親に対してひたむきだった。母親は彼の原動力といってよかった。

とはいえ、今のルカにとって母親は思い出であり、それ以上のものではなかった。思い出にすぎない人のために生きることは、ポリーとの関係を再び育む方法を考えるよりずっと簡単だった。

彼女はその日の遅くに診察の予約を取っていた。ルカはスタッフに、自分も立ち会い、検査や診察を手伝いたい旨を伝えた。彼は医師であり、医学界でも高い評判を得ていたため、誰一人として反対しなかった。

ルカはポリーに電話をかけ、診察に立ち会うことを伝えた。

「私もあなたに立ち会ってほしいと思っていたの」ポリーは言った。

彼女はここ数日、ルカに対する態度を一変させていた。そして彼女が彼を傷つけたことを誠心誠意、謝ったとき、彼の中で何かが変わった。そんなふうに人から気遣いを示されたのは、母親以来だった。

ルカの母親は、息子が多くの感情を抱えていて、それが複雑に絡み合っていることを知っていたし、理解してもいた。一方、人々がルカにそれをどう表現してほしいと思っているのか、ルカは知らなかったし、気にしてもいなかった。

しかし、ポリーは彼のことを見ていた。少なくとも、今は間違いなく。

そのことを自分が意識しているとは、ルカは思わなかった。誰かに理解されるのはいいことだとも思っていなかった。

とはいえ、父親になるということは、子供と感情的なつながりを持つことを意味する。だから、人と感情的なつながりを築く練習をするのはいいことなのかもしれない、と彼は思い直した。

「僕も診察に立ち会えてうれしいよ。じゃあ、一時間後に」

二人は車で個人病院に向かった。

診察室に入ると、医師は最初に、胎児の心拍数が正常であることを確認するためのドップラー検査を行った。すべて順調で、ルカは自分では気づいていなかった緊張がほぐれるのを感じた。

「超音波検査もしてほしい」ルカは医師に頼んだ。

「普通は行いませんが？」

「わかっている。だが、してほしいんだ。前もって連絡してある」

「はい、確かに、ドクター・サルバトーレ」

二人は超音波検査室に通され、ルカは女性技師に自己紹介してから言った。「僕に超音波検査をやらせてほしい」

ポリーは目を見開いた。「なんですって？」

「僕は医者だ」

「でも、あなたは超音波検査技師じゃないわ」

「だが、必要な資格と知識はある」

「あなたにやってほしくないの。あなたは医者だけれど、私の主治医ではない。私の赤ちゃんの父親なのよ」

「それだけの理由か？」ルカは傷ついた。

「そうよ、ルカ。それだけよ」

「また僕に感情がないかのように言うんだな」

ポリーは首を横に振った。「本当はあなたに分別を持ってほしいの。父親が超音波検査を担当するのが適切なのか、それとも専門家を信頼して任せるべきなのか、考えてみて」

ルカは眉間にしわを寄せた。頭の隅ではポリーが正しいとわかっていたからだ。それでも、自ら超音波検査をやりたかった。すべて順調なのか自分の手で調べたかった。それは彼にとって重要だった。

「そこに立っていていいのよ」ポリーは言葉を継いだ。「そして見て。そのうえで何か気になることがあったら、彼女にきいてみたらどうかしら」

検査技師は二人の様子をうかがっていたが、ルカはあえて彼女の表情を読み取ろうとはしなかった。彼は気にしなかった。ポリーが正しいということもあって、彼はいらだっていたが、ここで引き下がるほうが自分にプラスになるとわかっていた。だが、屈したくなかった。なぜなら、医療こそが彼の持つ最高の思いやりの手段だったからだ。

そしてまたしても、ポリーはそのことを理解していなかった。彼にとってはこれが気遣いなのだと。

ほかにどうやって思いやりを示せばいいんだ？

ルカはすべてをコントロールしたかった。なのに、何が間違っているのかわからない。それが問題だった。彼女は今、頑《かたく》なだった。

検査技師が機器を準備し始めると、ルカはポリーを見つめた。

彼女はルカを見返した。「何か？」

「ガウンを着なければ」

「ええ、お願いします」技師は言った。「それから検査を始めます。ご主人のご希望です。よろしいですね？」

「はい。私も赤ちゃんを見たいんです」

「本当に、いいんだね？」ルカは念を押した。自分が出すぎたまねをしたのではないかと不安に駆られていたのだ。一方的に事を進め、ポリーの気持ちを充分に考慮していなかったと。

「ええ、見たいわ」彼女はきっぱりと答えた。「でも、今すぐ向こうを向いて」

なぜ今になって恥ずかしがるのか理解できなかったが、ルカは従った。同時に、思いがけず欲望に襲われた自分を恥じた。彼女が具合が悪いときに、こんなことを考えるとは。

ルカはあの夜のことを思い出すまいと努めていた。なぜなら彼女を再び雇うつもりだったからだ。ところが突然、脳裏にあの夜の出来事がよみがえった。

鮮明に、強烈に。

ルカは拳を握りしめた。ポリーが服を脱ぐ音を聞きながら。

もちろん、この感覚こそが、二人が現在の状況に置かれた理由だった。

この感覚と五月二十四日。

そしてあの夜。

僕は本当に避妊具を使わなかった……。

ルカはまだ信じられずにいた。思い出せないのだ。経験上、予防措置なしのセックスなどありえなかった。避妊――自分と恋人の両方を守ること、それは常に最優先のルールだった。だが、ポリーと一緒にいるときは、ルールなど考えもしなかった。

「こっちを向いてもいいわよ」ポリーが言った。

ルカが振り向くと、彼女は膝にシーツをかけて診察台に横たわっていた。

「すみません」技術者が言った。「冷たくて、少し不快かもしれません」

シーツに遮られて何が起こっているかは見えないが、ルカにはわかっていた。その手順なら、よく知っていたからだ。だが、彼は今、自分が医師として診察の様子を見ているわけではないことに気づいた。

白黒のスクリーンが明滅し、ルカはそこから目を離せなかった。一瞬のち、何かがうごめいているのがわかった。

羊膜嚢《ようまくのう》。胎児そのものだ。

「彼がいる」ルカは笑いをこらえきれずに言った。

理性的な態度を保てない。なぜなら、これは発育の初期段階だからだ。何が起きてもおかしくない。なのに、自分の中に何か広大なものが育まれるのを感じた。

愛だ。

深く、激しく、そして守りたいという欲求も。

これは、彼がこれまで知っていたことの範疇《はんちゅう》を超えていた。

「信じられない」ルカはつぶやいた。

本当はありふれたことだったにもかかわらず。普通の人たちは誰もが経験していることだ。毎日のように。

とはいえ、ルカにとってはありふれたものなど一つもなかった。なぜなら、ポリーの中に宿っているのは彼の赤ん坊だったからだ。二人が情熱をぶつけ合った夜の結果であり、彼がコントロールを失った結果として。

ルカは、理屈を超えた感謝の念を覚えた。簡単に名づけることのできない強烈な何かが、彼の中にいっきにあふれた。

突然、ポリーの顔を見ることがとても重要になり、ルカは彼女を見た。彼女が何を感じているか知りたかった。

ポリーの目には涙がきらめいていた。その涙が何を意味するのか、ルカにはわからなかった。

涙には多くの真実が込められている。悲しみや喜びといった単純なものではけっしてない。涙は激しさを物語り、圧倒される。

ルカはときどき、自分は他人の感情を理解できないのではなく、人が感情を単純化するのが早すぎるのだと思った。単純にうれしいとか悲しいとかというのとは違う、もっと深みのある、すべてを包みこむような感情に、彼はたった一つの名前をつけたくなかった。

ルカはしばしば、恐れる一方で怒っていた。しばしば、幸福感に浸る一方で、眠れない夜を過ごしたせいで疲れを覚えた。今、彼は感謝しているが、同時に畏敬の念や不安も抱いていた。

彼はスクリーンに近づき、モノクロの画像を点検し始めた。感情は彼にとって難しく複雑なものかもしれないが、肉体的なものに複雑なものは何もなかった。

彼の目には、スキャン画像のすべてが正常に見えた。「画像を戻してくれ」

検査技師がルカを見た。「どこにです？」

「心臓を見たい」

「現在の発育段階では早すぎます」

「それでもかまわない。それから血液検査も頼む」

「血液検査は医師が必要だと判断した場合に限られます」

「僕は必要だと思う」

「ルカ」ポリーが口を挟んだ。「それについては、あとで話し合いましょう」

まるでいたずらっ子を諭すような口調に、ルカはいらだった。

検査技師が画像を心臓に戻すと、ルカは凝視した。大丈夫、ちゃんと動いている。「ありがとう」

検査が終わると、ポリーは服を着る際にもう一度ルカに後ろを向くよう求めた。検査技師はすみやかに部屋を出ていった。

「そんなに難しく考えなくてもいいのに」ポリーはたしなめるように言った。

「別に難しく考えてなどいない」

「あなたが一緒に来て、医者として振る舞うとは思わなかった。父親として立ち会うとばかり――」

「そのつもりだった」ルカは遮った。「だが、僕にとっては、その二つは切り離せないんだ。僕は父親であると同時に医者なんだから」

「検査技師の人の立場も考えられないほど、あなたは鈍感なの？　専門家にとって、あんなふうに迫られたらいらいらするに決まっているわ。あなただってわかるはずよ」

「迫ってなどいない」

「迫っていたわ」ポリーは言い返した。

ほどなく二人は診察室を出た。ポリーは受付に行き、次の予約を入れた。

ルカは傍らでそれを聞いていた。「その時間、僕は勤務中だ」

「別に問題ないわ」

外に出ると、車が待っていた。ルカがドアを開けるのを待たずにポリーが後部座席に乗りこむと、彼は隣に滑りこんだ。

「僕がきみの妊娠に医学的な側面から関わりたいと思っていることを、前もってきみに言う必要があったのか?」

「いいえ。必要だったのは話し合いよ。そもそも、あなたがしたいと思っていることは、普通のことなの?」

「僕が普通じゃないことはきみも知っているだろう。五年間、僕の下で働いてきたのだから」

「いいえ、私はあなたのことを普通じゃないだなんて思っていない。でも、これは普通じゃない。そして、普通じゃないことをするときは、前もって、そのことに関わっている相手とよく話し合う必要がある。そんなことは、あなただってある程度は理解しているはずよ」

「もし僕が理解しているとしたら、そうしたかもしれない。だが、僕にとっては完全に理にかなった行動に思える。むしろ、きみがどうしてそう思えないのか理解に苦しむ。僕は医師で、研修医の経験もある。医学研究で博士号も取得していて、この十年間に、医学の進歩に大いに貢献してきた。きみはそれを知っている。その僕の目で、専門知識で、僕の人生で最も重要な医学的出来事に関与したくなるのは当然だと、きみはなぜ思わないんだ?」

ポリーはしばらく何も言わなかった。

「怖いんでしょう?」

「怖い? そんなことはない」

「いいえ、あなたは怖がっている。ミラノに来たときも、あなたは私が病気だと思った。あなたは自分が気にかけている人たちの身に何か悪いことが起こるのではないかと、いつも恐れている……。私のことを気遣ってくれているの、ルカ？」

「なぜ今さらそんなことをきくんだ？　僕の人生がきみなしに成り立たないことは、わかっているだろうに」

「ああ、そうね。忘れていたわ。でも、私を必要としていることと、気遣いとは別物よ」ポリーは再び沈黙したあとで言った。「あなたが気にかけているのは赤ちゃんのことなのね？」

「もちろん、気にかけている」ルカは答えた。「そして僕がしている気遣い方で、気遣わせてほしいと思っている」

ポリーは彼を見つめ、表情を和らげた。「それは立派よ。でも、相手がそれを受け入れられるような気遣いも必要よ。私にとってはストレスなの、あなたが医者の立場で診察室にいるのは。担当医がいる以上、あなたには別の立場でいてほしい」

「きみの夫として？　きみは僕が夫であることを好ましく思っていないのに？　矛盾しているのはきみのほうだ」

車が止まった。ルカはすぐに降り、さっさと建物の中に入っていった。ポリーのことは少しも気に留めずに。

多くの感情が胸の中でとぐろを巻いていた。それらは自分では定義できない感情の層に覆われているものの、最も鮮烈なのは怒りだった。それがルカを燃え上がらせた。

エレベーターのドアがちょうど開いたところへポリーがやってきて、一緒に乗りこんだ。

「あなたは私の夫になりたいと言っているの？」

「きみに結婚を申しこんだとき、きみが持ち出したセックス抜きという条件を僕は受け入れた。そんなのは夫とは言えない」

「なぜその条件をつけたかわからないの？」

「ああ」ルカは肯定した。「そもそも、僕はこのすべてに筋道立てて自分を納得させることができないんだ。できればそうしたいのに」

「私たちは人間よ。必ず理解し合える。ヴァルカン人じゃないんだから」

「僕は、ヴァルカン人だと非難されたことがある。それも一度や二度ではない」

「ええ、私から。でも、あなたはそうではないと言ったでしょう。自分の中の感じる部分を前面に出す方法を見つけるべきよ」

「それだと居心地が悪くなる」

「あなたの赤ちゃんをおなかの中で育てるのだって、かなり居心地が悪いのよ。気づいているかどうかわからないけれど、私はかなり体調が悪かった」

　エレベーターが止まってドアが開くと、ポリーは先に降りた。そのときにはもう、ルカの心は穏やかさを取り戻し、澄み渡っていた。

　ルカは彼女を見た。五月二十四日の午後三時半に見たときのように。ポリーがオフィスに入ってきたとき、陽光が彼女の髪に絡みつき、金色に輝かせて……。

　感じる。

　そうだ。僕は感じることをいとわずに、心を開くべきなのだ。よりよい夫になるために、よりよい父親になるために。

　今、ルカはポリーを求めていた。

　彼女を追いかけ、その腰に腕をまわした。そしてポリーが何か言う前に、抗議したり懇願したりする前に、頭を下げて彼女の唇を奪った。

カは一息つくために、口を離して彼女を見つめた。彼は待った。彼女が〝ノー〟と言うのを。彼女が背を向けるのを。

彼女はそうする代わりに爪先立ちになり、ルカの後頭部に手をまわした。そして顔を引き寄せ、キスをした。

もう一度。最初のときより強烈だった。

それに応えてルカは舌を絡ませた。興奮はどんどん募り、全身が熱くなる。彼は圧倒された。

強烈な衝動に促されるがまま、ルカはポリーの服を脱がせていった。今、まさに午後三時半。そのことに彼は感謝した。

そして陽光が窓から差しこみ、彼女の肌が黄金色に輝くのを見ることができた。この数年間ずっと望んでいたことが現実となったのだ。彼を縛っていたルールを自ら否定して。

そのことを、ルカは悔やみはしなかった。なぜなら

11

すさまじい情熱。

経験したことのない激しい興奮。

キスも欲望も、これまでとは比べものにならない。頭の中が真っ白になるような衝動に駆られたのも初めてだった。

禁断の園に足を踏み入れた気がした。

今、ルカにとって重要なのは、二人の呼吸音とポリーの唇の感触、そして温かくしなやかな彼女の体の感触だけだった。

頭の中は空っぽだった。考える必要はまったくなかった。

ポリーの感触はこの上なくすばらしかったが、ル

ら、ポリーが必要だったからだ。

だから、ポリーが神聖で貴重な贈り物であるかのようにその包みを慎重に解き、彼女のあらゆる曲線に酔いしれた。輝かんばかりの柔らかな肌。なめらかな胸のふくらみ。それは、初めて一緒に過ごした夜よりも大きくなり、丸みを帯びていた。

とがった胸の頂はおいしそうなベリーピンクで、彼の欲望をさらにかきたてた。頭を下げ、うなり声をあげながら、硬いつぼみに舌を滑らせる。ポリーはあえぎ、彼の頭をつかんで身を反らした。つぼみを深く吸いこむと、二人の鼓動以外のあらゆる音が消《き》え失《う》せた。

感じる。

ルカはすべてを感じていた。

これがポリーの望んでいたものだったのだ。僕を。こんなふうに。

彼女はそれを手に入れることができる。そして僕も。この輝かしいもののすべてを。この栄光のすべてを。

ポリーの感触とその敏感な反応は、ルカが必要とする薬――麻薬にほかならなかった。もし彼が床に倒れているのが発見されたら、その原因はポリー中毒に違いない。

ルカは最初から彼女に執着していた。なのに、それが何を意味するか、自問しようとはしなかった。なぜなら、答えを知るのが怖かったからだ。そう、最初からポリー中毒にかかっていたのだ。

ポリーが彼の肩を押した。「私の番よ」

ルカが受け入れ、身を離すと、彼女は彼のシャツのボタンを外し始めた。そのしぐさはぎこちなく、彼は愛らしいと思った。なぜなら、ポリーは本来、手先が器用だからだ。思えば、彼女はいつも主導権を握っていた。彼の身のまわりのすべて、彼の人生のすべてを支配していたのだ。

しかし今、ポリーは震えていた。

「怖いのか？」

彼女は首を横に振った。「あなたが欲しくてたまらないから、震えているの」

これだから感情は厄介なのだ、とルカは思った。震えはたいてい恐怖から来る。だが、今のポリーのように興奮から来る場合もあるのだ。

ルカは親指と人差し指で彼女の顎をつまみ、身を乗り出して再びキスをした。

ポリーは彼の肩からシャツを脱がせ、床に落とした。ルカを見つめる彼女の顔には渇望が浮かんでいる。勝利だ、と彼は胸の内でつぶやいた。

ルカ・サルバトーレは常に女性にとって憧れの的だった。ルカが毎日のルーティンに固執していたのもそのためだった。もちろん、ルーティンの第一の目的は健康の維持増進だが、彼は自分の体格が物事を容易に運ぶのに役立つことに気づいていた。

ポリーも明らかに彼の努力を評価していた。彼女はルカの胸に手を添え、指先を腹部へと滑らせた。彼は目を閉じ、うめき声をあげた。

感じるとはこういうことだ。感じるだけで、何も考えないこと。次に何が起こるかも、自分がどう受け取られるかも心配しない。

いつもそう感じている者もいるだろうが、ルカの場合は今ここでそう感じていればよかった。ポリーと一緒なら。

ルカは彼女の残りの服を剥ぎ取り、ポリーも彼に倣った。二人とも生まれたままの姿になると、ルカは彼女にキスの雨を降らした。首筋に、鎖骨に、胸の谷間に、腹部に。それから彼女を抱き上げ、ソファの端にそっと下ろした。はやる気持ちをかろうじて抑えて。

ポリーとベッドを共にして以来、ルカはほかの女性に目もくれなくなった。そして、毎晩のように、夢の中で彼女を味わってきた。

彼が欲しかった女性はただ一人、ポリー・プレスコットだけだった。セックス以外でも、ほかの女性ではだめなのだ。

ポリーが彼の名を叫ぶまで、ルカは彼女の全身を舐《な》め続《つづ》けた。彼女が支配権を放棄するまで。彼女がのぼりつめるまで。

それからルカは絶頂の余韻に浸っているポリーに覆いかぶさり、自分の腰まで彼女の腿を持ち上げ、一息に貫いた。ポリーの手が彼の肩をつかみ、爪が食いこむ。その痛みと快感にうめき声をあげながら、欲望の赴くままルカは動き始めた。

ポリーの荒い息が耳にかかり、柔らかな胸のふくらみが筋肉質の胸に押しつけられる。同時に彼女の内なる筋肉が欲望のあかし締めつけ、ルカはたまらずに彼女の名を叫んだ。「ポリー！」呪文のように、祈るかのごとく、彼は何度も繰り返し叫んだ。

解放の時がそこまで来ていると感じながら、ルカは精いっぱいこらえた。まだ終わらせたくなかったからだ。

彼女が欲しい。永遠に。

しかし次の瞬間、ポリーは再び彼の名を叫び、のけぞって、彼を締めつけた。

ルカは全身をわななかせ、彼女の首に顔をうずめて自らを解き放った。

「今回は逃げないでくれ」

激しい嵐がおさまったあと、ルカはつぶやき、彼女の目を見つめた。

「逃げないわ」

ルカはゆっくりと彼女から離れ、バスルームに行った。そして湿らせたタオルを手にベッドに戻り、彼女の下腹部に当てた。彼女の目を見つめながら。

「ありがとう。でも、大丈夫よ」

「僕はただ、きみの世話を焼きたいだけなんだ。それに、僕の病院での振る舞いがきみには気遣いに見えなかったことも認めるよ」

ポリーは目を閉じた。「ええ、そうね。だけど、あなたがどうしたかったのか、その意図は理解できたわ。ただ――」

「いつも自分の思いどおりにすることは許されない」

「そうじゃなくて……」ポリーは否定した。「世話を焼きたいというのは、誰かと人生を分かち合うことの一部なんだと思うの」

「だから、僕は今まで一度もしたことがなかったんだ」

「ルカ、私も誰かと人生を分かち合ったことはないわ」

「きみはバージンだと言った」

「そうよ――そうだった」ポリーはタオルを取って立ち上がり、彼の上腕二頭筋に手をまわした。「だって、私は自分で何もかもコントロールできる人生を築いていたし、それが好きだった。自分の人生に他人を招き入れる意味がわからなかった」

ポリーは大きくため息をついた。

「でも、それは理由の一端にすぎない。私も仕事とボスのとりこになっていた。だから、ほかの男性と一緒にいる自分の姿なんて想像もできなかった」

「僕がきみのプライベートの時間を奪ったから？」

「それも一因ね。親密な時間を過ごしている最中に、ボスから電話がかかってきて、スピーチでどのネクタイを締めるべきか教えるよう求められたら、誰だっていやに決まっているもの。でも、それも理由のほんの一部。私はあなたが欲しかったの、ルカ。あなたを求めている限り、ほかの誰かを求めるなんて考えられなかった」

「なんと！」ルカは驚きの声をもらした。

「本当に知らなかったの？」

「知らなかった。そもそも、きみは僕の秘書だったから、手出しは禁物だった。たとえ気持ちがぐらついたとしても、きみへの思いを断ち切るのに全力を尽くしただろう。今は、その必要がなくなったことを喜んでいる」

ポリーは再び大きなため息をもらした。「それで……どうするつもり？　ベッドを共にするようになったら、私たちは本当に結婚していることになり、お互いを傷つける可能性が大きくなるかも」

「妙なことを言うな。僕たちは本当に結婚している。正式に結婚したんだ」

「あなたがそう思うのはわかるわ。でも、私は自分を守りたかった。自分のものを守りたかった。私たちの仲がこじれたら、どうすればいいの？　あなたはすべての権力を持っているうえ、私から赤ちゃんを取り上げると脅した前科がある」

「二度とそんなまねはしない。すまなかった」

「私を怯《おび》えさせたから謝るの？」

「そうだ。僕の力を利用してきみを脅したことを申し訳なく思っている。きみが僕の秘書だったとき、口説かなかったのもそれが理由だ。ただ、わかってほしい。きみを連れ帰るには、ああするしか方法がなかったんだ」

「この前あなたに尋ねたときも、あなたは〝申し訳ない〟と言ったわ」

「自分の思いどおりに進めたことに対してね。だが今になって、何についてどう謝るべきかわかったんだ。きみに時間を与えなかったことに、きみが最善の結論を出してくれると信じていなかったことに対して謝るべきだと」

「私たちは二人とも、人と良好な関係を築く方法を知らないみたいね」

ルカはうなずいた。「僕たちには学ぶべきことがたくさんある。それに、きみは僕の子を産む。そして、僕はきみを求めている。きみを求めるようには、誰かを求めたことはない。自分を見失ったことは一度もないのに、きみに触れられると、頭が真っ白になってしまう。まるで自分が別人になったかのような……。そして突然、強迫観念にとらわれているような窮屈さが消え失せ、すべてがシンプルに感じられる。僕の人生にはきみしかいないように。そういう感覚がもっと欲しいんだ」

「でも、あなたは私を愛していない」

ルカは顔をしかめた。「おそらく」

彼には人を愛した経験もなければ、それを探求したいという願望を抱いたこともなかった。それでも、ポリーが欲しかった。そして、その欲求は理にかなっている——完璧に。二人の間にはすでに子供がいて、強い結びつきが存在していた。

「ほかの男ならできるかもしれない約束を、僕はできない。だが、きみのご両親の話から察するに、愛から始まった結婚が恐ろしい結末を迎える可能性があることは、きみも理解しているはずだ」

「ええ」

「だから、僕はきみに愛を提供するつもりはないし、できるとも思えない。けれど、きみが受け取れるような気遣いを学ぼうと努力している。そして、きみにはいつも誠実でありたいと思う」

「それはわかっているわ」ポリーがうなずく。「あなたはときどき私をいらだたせるけれど、いつも誠実だった。けっして私を操ろうとしなかった。あなたの思いどおりにするよう私に強いたことはあるけれど」

「もう絶対にしない。ただし、一緒に暮らし、働き、協力して子育てをしながら、二人の間にあるこのすばらしい相性を無視し続けるような未来は考えられない」

ポリーは深々とため息をついた。「でも、性的な魅力は永遠に続くものじゃないでしょう」

「確かに。だが、僕たちの間には子供という強い結びつきがある。そして、僕もきみも、子供には最高の人生を送ってほしいと思っている。僕自身のことを言えば、父がまともであったときでさえ、母が家にいてくれたほうがよかったと思った。片方の親がベストを尽くせないときのために、子供には両親が必要なんだ。万が一、どちらかの親に何かあったり、異変が生じたりしたときに備えて。僕はそれをとても恐れている」

「だったら、よい父親になることに全身全霊を込めて努力すると誓って。そうすれば、きっとうまくいくと確信できる」

「わかった」ルカは窓の外を見ながら言った。「誓うよ」

「だけど、今あなたが言ったような恐れを抱く必要はないわ」

「それでも、僕はきみにそばにいてほしい。僕はずっとそう思っていた。きみが僕の秘書だったときから。きみはすべてにおいて僕によくしてくれた。そして、今後もよくしてくれるだろう」

「わかったわ、ルカ。やってみましょう、本当の結婚を。そして子育てを」

「ありがとう」ルカは身を乗り出し、彼女にキスをした。唇が触れ合ったとき、そこにはただ感情だけがあった。「それが僕の望むすべてだ」

「私もよ」

12

昼下がりの情事のあと、ルカは仕事に戻った。そのことにポリーはさほど怒りを抱かなかった。実のところ、まったく怒っていなかった。というのも、もしルカが彼らしいことをしなくなったら、彼のことを心配し始めるかもしれないからだ。

ポリーは家でじっとしていたくなかったが、〈サルバトーレ〉での仕事もまだ始まっていないため、ポリーは自分が何をすればいいのか、何をしたいのかわからなかった。

二人は結婚を誓い合った。少なくともルカにとっては本物の結婚を。愛とかロマンスとかは彼にとって意味がないらしい。

なぜそのことが気になるのかポリーはいぶかった。彼の言うとおりだったからだ。彼女の両親の結婚生活は充分に本格的なものだった。ルカの両親については何も知らなかったが、彼の父親はろくでなしのようだった。とりわけルカに対しては。だとしたら、ありきたりの理由で結婚することになんの意味があるだろう。愛は幸せを保証するものではないのに、なぜ私は愛にこだわっているの？

以前はそんなふうには考えなかったし、結婚や出産について考えるのも避けてきた。でも、子供を授かって結婚した今、彼を愛することは恐ろしいことなのかもしれないと考えざるをえない。

けれど、かつてのルカはもういない。仕事に没頭するあまり、それ以外のことには目もくれなかった、鋼のような男性は。

実際は、ルカは情熱的だった。熱かった。鎧《よろい》の下に燃える炎を隠していたのだ。

彼は矛盾の塊だ、とポリーは思った。妥協など許さなかったはずなのに、私がそれを非難すると、彼は謝罪した。そして、ルカは先ほど、私が受け入れられるような方法で私の世話を焼くことに力を尽くすと言った。

彼にとって、変化は、普通の人々よりもずっと困難であることを、ポリーは知っていた。なのに、ルカは今、自分の生き方を変えようとしている。私のために。

彼ほど熱心に相手の話に耳を傾ける人を、ポリーは知らなかった。正しいことをしようとこれほど気を配ってくれる人も。

新鮮な空気を吸おうと決め、ポリーは服を着てローマの街に繰り出し、人ごみに紛れこんだ。

彼女はローマのそういうところが――匿名性が気に入っていた。自分が溶けこめる気がしたし、それ以上に、なりたい自分になれる気がした。

インディアナは窮屈で、ポリーはがんじがらめに縛られていた。同じ通り、同じ家に。

ポリーの世界が狭小だったのは、小さな町に住んでいたからではなく、両親の拳に押しつぶされていたからだった。

ルカと一緒に暮らす未来を想像して、ポリーは恐怖に駆られて身を震わせた。自分が押しつぶされる可能性もあると気づいたからだ。

でも、と彼女は思い直した。両親とは違い、彼とは話し合いを持ち続けることができる。

ポリーは恐怖を打ち払い、いくつかのブティックに入り、服を見てまわった。この街で売られている美しい服が大好きだった。けれど残念なことに、これからさまざまな方法で自分を変え、成長させようとしていることを考えると、着飾ることに意味を見いだせなかった。

もしミラノで暮らしていたらどうなっていただろ

う？〈ファッションハウス〉の社員として、間違いなく無料で服を手に入れることができたんじゃないかしら……。

あれこれ思いを馳《は》せたものの、悲しみは湧いてこなかった。後悔もない。つまり、ポリーは自分が思っていたほど、ミラノでの仕事に満足していなかったのだ。妊娠検査キットを試したその日から、すべてが変わってしまったから。

その日を境に、ポリーの目には未来が違って見えるようになった。

妊娠することなく、ミラノで気軽な独身生活を送るなら、〈ファッションハウス〉での仕事は完璧だったに違いない。

ああ、ルカに会わなければ……。

ポリーはため息をついた。

彼との出会いが私の人生を変えたのだ。関係を持ったことを抜きにしても。

ルカ・サルバトーレには何かがあった。出会った瞬間に彼女の心をつかんで離さない何かが。

彼は彼以外の何ものでもなかった。そして、少なくとも表面上は、厄介な存在だ……。

物思いを断ち切り、ポリーはブティックを出た。通りを歩きだしたとき、ショーウインドウの向こうできらきら光る小さな赤い車を見つけた。

そこは玩具店だった。赤い車はテディベアと共に飾られていた。

その車がポリーの気を引いた。ルカを連想させたからだ。

そう、彼は腹立たしい。そう、表面上は最悪のボスで、一人の男性としてもどうかと思う。

けれど、彼はかつて少年でもあった。車が大好きな少年。母親を亡くしてからは、いかにしてほかの誰かが同じ苦しみを味わわないですむようにするか、そればかりを考えるようになった。

彼の人生は、すべてそのことに費やされた。そして最も愛していたものを手放した。自分の使命に身を捧《ささ》げるために。

ふと気づくと、ポリーは玩具店に入っていた。彼に何かしてやりたかったからだ。彼の秘書だった頃と同じように、けれどそれよりもっと深い感情に押されて。

車を見せてほしいとポリーは店員に頼み、手のひらにのせてもらった。その瞬間、ルカのためにこれを手に入れる必要があると思った。代金を払い、プレゼント用に包装してもらうと、彼女は胸がいっぱいになった。

黄色いバッグにそれを入れて店を出たとき、ポリーはふと思った。私は五年間そうしてきたのだと。人がすぐにばかげていると断じるようなことも、彼にとっては不可欠だと認識していた。なぜ三冊のノートが必要なのか理解できない客室乗務員に腹を立てたときのように。

ノートは彼にとってはもちろん、彼女にとっても大切なものだった。

それは不合理なことではない。彼にはそれが必要不可欠だった。彼はほかの誰でもなかった。だとしたら、ルカが何を変えるべきか、彼にとって何が重要で何が付随的なのか、私が指摘する必要はあるだろうか？

もちろんあるし、二人には妥協する余地があった。というのもポリーは、ルカにとって都合がいいように世話を焼かれる必要がなかったからだ。彼女はかつて、娘のことをまったく気にかけない両親と暮らしていた。しかし、ルカは違う。だから、彼に妥協するよう頼むのは間違いのように思えた。

たとえ、結果的に彼が今のまま何も変わらないことになったとしても。そもそも、それで困ったためしはなかった。

確かにルカはポリーをいらだたせることもあった。そして今、陽光が降り注ぐ美しい街路を歩きながら、彼女は感じた。彼が簡単には変えられないことに対して私がいらだつのは当然だと。誰かと一緒に暮らしていれば、それが普通なのだから。

ペントハウスに戻ったとき、ルカはいなかった。この数日、精いっぱい尽くしてくれた彼に報いるため、ポリーは料理をしようと決めた。

ルカは料理をするのが好きで、ポリーには興味深いことだった。ほとんどの独身男性は料理をあまりしないからだ。彼のように裕福な男性なら、普通は料理人を雇うだろう。

もちろん、ルカは自分の家に他人がいるのを好まなかった。なぜなら、すべてのものが彼の望む場所になくては気がすまなかったからだ。それこそが彼の本質のように思えた。

ポリーはオリーブオイルとトマトとパルメザンチーズのパスタをつくることにした。シンプルだが、ローマに移ってきて以来、シンプルなものが自分の好みだと気づいた。食材がすばらしければ、わざわざ凝った料理にする必要はないのだ。

彼女は鼻歌を歌いながら、サラダをつくり、パスタを盛りつけた。

そして、ルカがドアから入ってくる頃にはすっかり支度が整い、テーブルの中央には彼へのプレゼントが置かれた。

目が合うと、ルカはほほ笑んだ。

なんてすばらしい笑顔だろう。これまで彼が無防備にほほ笑むのを見たのは片手で数えるほどで、そのどれもが医学的発見に関わるものだった。

屈託のない笑顔がポリーに向けられたのはこれが初めてだった。

ああ、なんてこと！　こんなにも彼のことを好きになってしまうとは。

でも、彼を愛するなんて、愚かの極みよ。ポリーは自分にそう言い聞かせながら言った。「夕食をつくったの」

「見ればわかる」

「プレゼントも買ってきたわ。でも、まずは食べましょう」

「先にプレゼントを開けたいな」ルカは突然、子供のような顔をした。

「だめ」ポリーは最高に厳しい寮母の声でたしなめた。「食事が先よ」

ルカはうなりながらも、食卓についた。そして自分の皿にパスタを盛り始めた。ポリーも倣おうと彼のそばを通りかかったとき、いきなり腰をつかまれ、気づいたときには彼の膝の上に座っていた。

「きみと分かち合いたい」

「私と分かち合う？」

ルカは彼女の顎をつかんで自分のほうに向けさせ、熱烈なキスをした。「ああ、パスタをきみと分かち合いたい」

それから彼はパスタをフォークに巻きつけ、彼女の口元に運んだ。ポリーは思わず口を開いて一口食べた。ルカも同じように一口食べた。

心臓がどきどきしたが、ポリーにはその理由がよくわからなかった。おそらく、この几帳面《きちょうめん》で真面目一辺倒の男性が、思いがけず遊び心を見せたからだろう。それはまるで啓示のように感じられ、彼女は震えあがった。危険を感じたからだ。

「私は自分のお皿で食べるわ」ポリーは身をよじりながら言った。

「僕はきみの要求とか意向とかを聞くのが好きじゃないみたいだ」

「それは残念ね。水曜日は、とても要求が多くなるから」

「水曜日？」

ルカはカレンダーに書きこむべきかどうか考えているように見えた。

「もしくは木曜日。自分でもわからないの。もともと私はわかりにくい女だから」彼女は椅子に座った。なぜか再び心臓が早鐘を打ちだす。

「いや、きみはとてもわかりやすい人だ、ポリー。夏と夕日とケーキが好きで、バッグにはチョコレートが入っている。きみが見る映画の半分は泣ける映画だ」

「最初のほうに挙げたもののいくつかは特別なことじゃないけれど、映画についてはどうしてわかるの？」

「きみが週末に見た映画について、同僚に話しているのをよく耳にしたが、半分くらいの割合で、泣いたと言っている。きみは強い人だけれど、とても優しい。どうだい、僕はきみのことをよく知っているだろう？」

「ええ、まあ……」

「だが、知らないことも多い。ご両親について教えてくれないか？」

「もう話したでしょう」

「きみにとって両親がなぜ問題だったか、その大まかな理由は話してくれたが、僕はもっと具体的な話が聞きたいんだ。父は僕に、彼が望むような人間になってほしいと願っていた。そんな父親は最低だと思う。逆に、母はありのままの僕を愛してくれたし、僕が自分自身を見つける手助けをしてくれた。亡くなってからもね。それがよい親というものだ。たとえ母がそこにいなくても、母からもらった愛情はちゃんと機能してくれる。だから、僕は知りたいんだ。インディアナを去らざるをえないほどひどいことを、きみの両親はしたのか？」

「インディアナを去る人はたくさんいるわ」

「帰りたくないほどひどい仕打ちを受けたのか？

妊娠したことを知らせたくないほど？」

「説明することはできるわ。でも、もしあなたががただ単に……」突然、ポリーは泣きたくなった。妊娠ホルモンのせいだ。そして……彼のせいだ。「ルカ、こんなふうに私を追いつめても無駄よ。私がつけている仮面は完璧だから」

「きみに最初に会ったときから、僕にはわかっていた。きみが見せかけの半分も洗練されていないことが。僕の会社の規模に圧倒されてもいた。きみがそう見せかけようとしているほど泰然としているわけでないこともお見通しだ」

「すばらしい洞察力ね」ポリーは皮肉った。

「どうか教えてくれ」ルカはなおも迫った。

「高校生のとき、両親のことを進路指導の先生に話したことがあるの。だけど、親と衝突するのは普通のことだと言われ、それでおしまい」

ポリーはまばたきをして涙を押し戻した。

「私は周囲の状況を読んで、それに応じて慎重に対応しなければならなかった。さもないと、悲惨な結果が待っているとわかっていたから。父は私をあえて呼び寄せて会話を始め、最後には私を怒鳴りつけた。結局は喧嘩《けんか》がしたかっただけ。だから、私を操って喧嘩になるよう仕向けた。母は私に従順であることを望んだ――徹底的に。それは自分の感覚を、自分の価値を捨て去ることを意味した。母は私に自問自答させる天才だった。学校であったことを話すと、それは本当かと追及された。誰かに心を傷つけられたとき、母はこう言ったわ。〝もしかしたら、ポリー、あなたが悪いのかもしれない。よく考えてごらんなさい〟と。けれど、父も母も、私を殴ったり、飢えさせたりはしなかった。ただ、周囲のすべてが不安定だと感じさせられ、雪崩が起きないように、私は家の中を爪先立ちで歩かなければならなかった」

　それはかなりつらい経験だったに違いなく、今もまだその影響はポリーの中に色濃く残っていた。当人が意識しているかどうかはともかく。「もし誰かが僕をそんなふうに追いつめたら、きっと僕は壊れてしまうだろう」

「いいえ、そんなふうにはならない。ルカ、あなたは世界一賢い人だもの」

「だからといって、きみが経験したようなガスライティング――継続的ないやがらせや洗脳によって相手を追いつめる心理的虐待――を受ける可能性がないわけではない。そして、ガスライティングによって自分の知覚や認識が信頼できないように感じたら、重大なダメージを被るだろう」

　ポリーの胃がよじれた。「あなたでも、そんなふうに感じることがあるの？」

「ああ。だから僕は、自分が確実に把握できるものに救いを求める。学習し、記憶することができるものに。なぜなら、それらに関しては、僕は人よりはるかに優れているから」彼は半ば本気でそう思っていたが、冗談に見せかけて締めくくった。

「ええ、あなたは優秀よ。間違いなく」

「きみは……僕が予測不能な人間だと思うか？　僕が望んでいることを周囲の人たちが理解できない場合があることはわかっている。それはつまり、僕が彼らには予測不能な人間であることを意味する」

「最初はそう思っていたわ。でも最終的には、あなたが何を望んでいるのかわかるようになった。実際、あなたは自分の望みを口にするのがとても上手だから、推測する必要はない。あなたはけっしてゲームをしないから。それが私にはとても心地よかった。私の両親は自身の気分を推理ゲームにするのが得意で、私はそれに無理やり参加させられていた。そして、どう言えばいいか私は必死に考える。でも、あなたが要求するのはそういうことではなく、細かいこと。自分が煩わされたくないこまごましたことを私に任せているとあなたは思っているけれど、実際はとても重要なことなのよ」

「僕一人では何もできない」

「ええ、そのとおり。こまごまとしたことも、あなたの一部なの。そしてそれらは私にとって少しも重荷ではない」

「ありがとう。だが、僕はそうしたやり方をこれから変えていくつもりだ」

「あるいは、あなたは億万長者だから、こまごましたことを任せらせる人を六人は雇える」

「確かに。とはいえ、いちばんの問題は、きみに依存しすぎたことだ。きみが去ったとき、僕はすべてが間違っていると感じた。なぜなら、僕を管理するきみが、僕には必要だったから。しかも、きみはそれ以上の存在だったことに気づかずにいた。それに、一人の人間に頼りすぎるのはよくないと思う」

「それは悪いことではないわ」ポリーは彼に近づいていった。「もっと自立したいと思うのも悪いことじゃない。でも、私の知る限り、全面的に頼るのはパートナーに限られる。どうすればお互いのためになるか、どうやって助け合うか」彼女はテーブルの中央に手を伸ばし、贈り物の袋を取り上げた。「さあ、開けてみて」

ルカは袋を見、続いて彼女を見た。「わかった」彼が袋を手に取り、包装を解くのを、ポリーは息を凝らして見守った。

赤い車を取り出したルカの顔にこれといった表情が浮かぶことはなく、彼が喜んでいるのか、動揺しているのか、ポリーにはわからなかった。

私は一線を越えてしまったの？

「どう？　気に入ってもらえたかしら？」

ルカは彼女を見つめた。そのまなざしの奥底には何か恐ろしいものがあった。「人前でプレゼントを開けるのは好きじゃないんだ」

「どうして？」

「僕の反応が贈ってくれた人が求めているものでないと知っているから」

「私はあなたの反応に不満を抱いているんじゃないの。気に入ってくれたかどうか知りたいだけ」

ルカはゆっくりとほほ笑んだ。「もちろん、気に入ったよ。きみの思いがひしひしと伝わってくる。母を除けば、僕のことをこれほどよく知っている人はきみだけだ。きみは僕の話に耳を傾けてくれた。これこそ僕たちのパートナーシップの在り方だと思う」

それは、ポリーが求めていたものとは少し違う気がしたが、彼女は自分の中の違和感を突きつめたくなかった。あまりにも大きすぎたから。

ルカを愛することは本当に恐ろしく、それに抗《あらが》うだけの力が自分に残っているかどうか、ポリーにはわからなかった。もはやないかもしれない。

ポリーは立ち上がった。心臓が激しく打つのを感じながら、座っている彼のもとに行き、たくましい胸に手を添えた。

「ルカ……」

彼は手を伸ばし、ポリーの顔を引き寄せてキスをした。二人が離れたとき、彼の目には驚きのようなものがあった。「僕はきみがくれたこの贈り物が大好きだ。だが、それに見入っていても自分を見失うことはない。僕がそうなるのは、きみを見ているときだけだ」

彼がそんなふうに口に出すこと自体に意味がある、とポリーは思った。それがなんなのかはまったくわからないが、彼女は確信していた。

ポリーはルカにキスをし、抱きしめるように彼の顔を両手で包んだ。大切な人だから。

いえ、違う……。

ポリーは欲望や保護欲には慣れていた。けれど、これはそれ以上のものだった。ルカはすばらしい人だ。とても美しく、聡明《そうめい》な人だ。そして、地球上のどの男性より、自分の赤ん坊の父親にしたいと思う人。そうでしょう？

「あなたはすばらしい人よ、ルカ」ポリーは彼の口元でささやいた。「あなたがどんな父親になるのか疑っていたことを心から後悔している。私の子供の父親としてふさわしい人は、あなたをおいてほかにいない」

ルカはうなり声をあげて彼女を抱き上げ、自分の膝の上に、ダイニングチェアの上にのせた。ポリーの腿は彼の腰の両脇にあり、脚の間で彼の下腹部が興奮して張りつめているのを感じた。

再びキスをしながら、ルカは彼女をぎゅっと抱きしめた。まるで彼女が誰よりも何よりも大切な人であるかのように。

これまでポリーをそんなふうに扱った人はいなかった。しかしルカはそうした。完璧とは言えないけれど、彼女も彼にとっては完璧ではなかった。ポリーはときに狭量で、ときに利己的だった。自分とは関係がない彼の言動を自分に向けられたものとして憤慨したり、彼の要求を受け入れながら、そのことで自分は苦しめられていると被害妄想に陥ったり……。

ポリーは自分の人生を他者の人生と融合させる方法を知らなかった。そして、自分の狭い視野を超え、より大きな見方で物事を見ることができなかった。

ルカは違う。彼は恐れることなく、さまざまな角度から自分を見つめてきた。というより、そうせざるをえなかったのだ。なぜなら、ルカの周囲の人たちは常に厳しく、妥協を許さない態度で彼を評価し続けたからだ。まるで彼は感情を持たないかのように。

そう、ポリーもまた、ひどい扱いを受けてきた。両親は気難しく、多くの点で紛れもなく残酷だった。ルカの周囲の人たちも同様だ。ルカを助けるという名目で、彼にひどいことを言っていたように思う。ルカのためではなく、彼ら自身がより快適な待遇を得るために。

ポリーは決意した。これまでとは違う自分になると。ルカをもっと大切に扱おうと誓った。そして、それを示すために、彼にキスをした。

すると、ルカはキスを返した。彼女が大切な存在であることを示すかのように。

二人なら、互いに大切にし合うパートナーシップを築くことができる、とポリーは強く思った。すばらしい人生をきっと手にすることができる。

ポリーは新たな目的意識に目覚め、喜びを感じた。

ルカは彼女の仕事ではなく、目的だった。

今度はそれを彼に示すために、ポリーは彼の膝から下りて、その手を取った。「おいで」ほほ笑みながら言う。

「僕は犬じゃない。命令することはできないよ」

「あなたが従いたいと思えば、命令できるわ」

ポリーが反論すると、ルカは従い、彼女に導かれて寝室に入った。

すぐさまポリーは彼のシャツのボタンを外し始めた。たくましい胸があらわになると、これが一日中服に隠されているのは悲劇だと思った。

ポリーはシャツを脱がせ、喉と胸のくぼみにキスをした。「私の命令を聞けば、もっと幸せな気分になれるわよ」

望みどおりポリーは彼に抱き上げられ、ベッドの中央に寝かされた。そして、彼が残りの服を脱ぎ、ベッドに上がってくるさまを飢えた目で見ていた。

ルカは服の上から彼女の体にゆっくりと手を這《は》わせた。ポリーは肌の激しいうずきに我慢できなくなり、身を震わせた。

この瞬間、彼女は欲望に生きていた。それは単純な欲望を超えていた。

ルカにとっては欲望が単純なものだったことは一度もなかった。それは抑制に縛られていた。

ポリーが彼の秘書であるがゆえに、欲望の赴くままに行動できないという束縛。

そして、一度は行動に移したとしても、傷つくのを避けるために、自分の一部を抑えなければならないことも知っていた。

もしルカがすべての抑制を解いてしまったら？

人生で初めて、彼が他人に対して正直になったなら？

もし私がすべてを捧げたら？

そのとき、何が起こるのだろう？

今、ポリーは、自分の中からすべての抵抗が消え、光に包まれているように感じた。

ああ、全身が輝いている……。

ポリーは初めて自分の体を見た気がした。

この体を彼にも見てほしい。

彼女の期待に応えるかのように、ルカは首筋にキスをしながらドレスのボタンを外し、薄い布を彼女の体から剥がした。

続いてブラジャーを取り去り、胸の下から下腹部へと唇でたどっていく。レースのショーツの上からキスをされると、ポリーは彼にしがみついた。

ルカは彼女に快感を授ける行為に喜びを感じているようだった。彼女を味わうことに。

彼はポリーを生まれたままの姿にして、舌と指を駆使して彼女を恍惚《こうこつ》とさせた。脚の付け根を舌でなぶられるたびに、彼女は抵抗感がなくなっていくのがわかった。肉体的な抵抗ではなく、感情面での抵抗が。

ルカを愛するのはとても恐ろしいことだとわかっ

ていた。だから、愛してはだめだと、自分に強く言い聞かせていたのに、あまりにも遅すぎた。災難が降りかかったあとに鳴り響く警鐘のように。

でも、彼を愛することがなぜ災難なの？

ポリーは武装し、自分を守ることを学んだ。彼女の人生は、自分のことを気にかけてくれない人を気遣うことの連続だったからだ。だから、それを嫌い、逃げてきた。自分が何を感じることができるかを親に決められるわけにはいかなかった。自分がどれだけ幸せになれるかを親に決められるなんて、許せなかった。

ポリーは自分自身でいたかった。

自分自身を感じたかった。

彼を感じたかった。

ルカが這《は》いのぼるようにして体を上へとずらし、焼けるようなキスで彼女の口を奪ったとき、ポリーはまさに自分自身の欲望の味を感じることができた。


それは、彼がどれほど彼女の喜びを気にかけていたかを示す証拠でもあった。

ルカが彼女の中に入ってきた瞬間、ポリーはまるで太陽が雲の向こうから顔を出したかのような感覚にとらわれた。

まばゆく、輝かしく、澄みきっていた。そして彼が動きだし、ポリーの奥深くで喜悦のシンフォニーを奏でた瞬間、彼女は自分のすべてを委ねた。

それはあまりに美しく、痛みを感じるほどの快楽だった。

二人はすべてを捧げ合った。それでも、ポリーは少しも怖くなかった。なぜなら、ルカは彼女の感情を逆手にとって利用したことがなかったからだ。彼女の気持ちをねじ曲げようとしたり、操ろうとしたりしたことがなかったからだ。

彼はおそらく、それができることさえ知らなかったに違いない。彼女がどれほど気にかけているかを理解していないだろうから。

二人は同じ問題で苦しんでいた。

二人とも、愛に関しては砂漠の中にいた。

ポリーはそこから抜け出したかった。

彼女がキスをすると、ルカはうなり声をあげ、頭を下げて柔らかな首筋を噛《か》んだ。

ポリーはあまりの快感に息をのみ、内心で快哉《かいさい》を叫んだ。彼の力に、強さに。そして、彼と一緒にいても安全だという事実に。

彼女はルカを信頼することができた。彼は人を操らないと確信できた。ルカ・サルバトーレは安全な男性だった。

私が誰かに対して安全だと感じたことが、これまであったかしら？

一度もない。

ルカはけっして自分の力を私に対して行使することはない。心の力も、体の力も。

彼は厳格で、要求が厳しいが、いい人だ。結局はそれに尽きる。

〝いい人〟を愛するということがどういうことなのか、ポリーは知らなかった。

今それを知ったと思った瞬間、絶頂が波のようにポリーを襲い、彼女の中の何かを砕いた。そしてポリーは泣きだした。彼の肩にしがみつき、彼の名を叫んだ。

このセックスにすべてをかけていたから。

ルカにすべてを捧げていたから。

彼もそうに違いない。彼にとってもこれがすべてに違いない。

確信するなり、ポリーは泣きやみ、彼にしがみついた。そして耳元でささやいた。

「あなたが好き。愛している」

13

ルカは彼女から離れ、暗いまなざしでポリーを見つめた。「僕もきみにそう言えるかどうか、わからない」

ポリーは再び泣きたくなった。失恋したからではない。ルカが彼女の信じていたとおりの人だったからだ。「その必要はないわ。不誠実な男性なら、私を幸せにするために〝僕も愛している〟と言うでしょう。でも、あなたは誠実な人。だから、私はあなたを愛せるのよ。だから……怖くないの。いえ、それは嘘《うそ》だ。私も誠実でありたいから言うわ。本当は怖いのよ、ルカ。でも、私はこの数年、少しずつあなたに恋心を募らせてきた。私があなたの秘書を辞めたのは、あなたの厳しい要求についていけなくなったからじゃない。そう信じたかったけれど。私はあなたにとって特別な存在になりたかった。単なる従業員ではなく。そして、特別な存在になれないかもしれないという現実に、私は深く傷ついた」

ポリーは悲しげなため息をついた。

「でも、それを認めたくなかった。だから物語をでっちあげた。それが得意だったから。両親から学んだのは、自分に都合の悪い現実をねじ曲げる方法だったから。そして、それが自分に不利になるように使われたとしても、私はそれを受け止めて、自分にとってより心地よい感情や真実をつくりだす方法を見つけたの。私はあなたのようになりたい。物事の真偽をはっきりさせたい。問題の核心を見たい。あなたはそうでしょう？　私や側近の人たちに対するあなたの接し方は、とても正直だと思う」

「きみはそれが長所のように言うが、はたしてそうだろうか。僕には隠れる場所がない。そして、ときどき――」

「でも、あなたは隠れることができた」ポリーは遮った。「人が近寄らないから」

「それしか自分を隠す方法がない。見てのとおり、充分に近づけば、すべてが見えてしまうからね。車をありがとう。感謝しているよ。同時に、自分の一部がこんなにもはっきりとさらけ出されていることを思い知らされ、不快感を覚えている」

「どうして?」

「それは弱点だからだ。そして、きみはそれを僕に対する武器として利用できる」

「私は利用したりしない。約束するわ。あなたが私の弱みにつけこんだりしなかったように」

「確かに。だがあれは、僕がきみを操ろうとした最も危険な瞬間だったかもしれない。きみの恐怖を利用しようとした」

「そして、二人ともそれを後悔している。だから、私たちはそこから前に進むことができるはず」

「ありがとう」

「いやなのね?」

「いやではない。しかし、かなり難しいことだと感じている」

「なぜ?」

「言葉では説明できない」

「それがいちばん厄介なのよ。私はすべてを知ることに慣れている。自分の領域のことならなんでも。これまで私は自分の欠点に挑むことなく、生きてきた。そして今、ここにあなたがいて、私は挑まないと決めたことに、いちいち取り組まなければならない。私はそれが特に楽しいとは思わない」

「実際、楽しくないのだろう、変わることは。だが、それが必要なときもある」

「そうね」

ルカは彼女を見た。その目には驚きのようなものがあった。「なぜ僕を愛するんだ?」

小さな悲しみの波が押し寄せるのを感じながらも、ポリーはそこにある渇望を否定できなかった。けれどポリーは、自分と同じように、彼にも愛を感じてほしいと要求するつもりはなかった。

彼を愛すること、それは彼のすべてを受け入れるということだ。そして、ルカが急に私を愛することはない。彼の中に、愛というものに対して何か拒否反応のようなものがあるのは明らかだから。それでも、自分の子供——私たちの子供に関しては違うようだ。彼はひどい父親を反面教師にして、自分はいい父親になろうと決めている。これも変化だが、それ以外の点で変わることは、かなり難しいようだった。

「あなたは母親の死という大きな悲劇を受け止め、それを人生の目的に変えた人よ」ポリーは咳払《せきばら》いをした。「それだけじゃない。あなたはどこまでもあなた自身で、私もそうありたいと思わせてくれる。私はずっと逃げ続けてきたけれど、あなたと一緒にいることで私は変わり、自分自身の真実に向き合えるようになった。あなたがあなたでいてくれるから、私は恐れることなく自分らしくいることができるの。私はあなたの情熱が大好き。私の体にぶつけてくる情熱も、医療の進歩にかける情熱も。そして、最高の父親になる方法を見つけようとする情熱も。ルカ、あなたが自分自身を見る目は、ときどき……とても冷酷になる。私はそれが悲しい。でも、その冷酷さのおかげで成し遂げたことに畏敬の念を抱いている。もう少し自分に優しくなってほしいと願いながらもね」

ポリーはそこで一息ついた。

「相手がそれを受け入れられる方法で世話を焼かなければならないと私が言ったとき、あなたは耳を傾けてくれた。とてもうれしかったわ。そして何よりも、私のすべてをあなたに託すことができたことがうれしい。あなたはそれを受け入れず、私を打ちのめすことができたにもかかわらず。あなたはすばらしい人よ。そのたぐいまれな才能を、自分より弱い人々から搾取するのに使うこともできたはず。ほかの人を犠牲にしてお金もうけをすることもできたのに、あなたはそっちに走らずに、病気で苦しむ人たちを救うために身を捧《ささ》げた。同じような能力を持つほとんどの人が選ばない道をあなたは歩いている。すばらしいわ」

「僕には特別なこととは思えない。単に正しいことをしているにすぎない」

「そんなふうに明確に考えることができるのも、私があなたを愛してやまないところよ」ポリーはルカの目を見て続けた。「あなたにとって当たり前のことだからといって、自分のしていることを軽んじてはだめ。ほかの人たちにとっては、必ずしも当たり前ではない。もしみんながあなたのように考えていたなら、この世界はもっとよくなっているはず。あなたは世界をよりよくする一端を担っている。その点でも、私はあなたを愛しているの」

「すまない。これはプレゼントを開けるのと一緒で、どう反応していいかわからない」

「反応する必要はないわ。あなたはあなたのままでいればいい。それで充分よ」ポリーは請け合った。

そのあと、二人は長い間沈黙し、ポリーは心拍数が平常に戻るのを、アドレナリンめいたものが消えていくのを感じた。

けれど、終わったとは感じなかった。

ポリーは恋をしていた。そして、それ以上を求めていた。しかし彼女は、ルカが彼のタイミングでそこに――二人の愛の世界に到達できるまで待たなければならないとわかっていた。

そして、ルカの隣に横たわり、彼の胸、彼の心臓のあたりに手を添えながら、ポリーはいつかその日が来ると信じようとした。

とはいえ、ポリーはそのような愛に満ちた未来を見たことが一度もなかった。

だから彼女には、そのための計画を立てるのが難しかった。ルカの愛を手に入れるまでの道筋を描くのは困難を極めた。

ポリーは二人に未来があることを信じるしかなかった。自分の中で沸き立つこの愛を信頼して。

ルカの呼吸がゆっくりになり、心拍数が正常に戻るのを感じながら、彼女はその信念に固執した。

ポリーはルカを信じなければならなかった。

14

ルカの生活は三カ月前とは一変していたが、多くの点で満足していた。

ポリーは〈サルバトーレ〉でマーケティング担当として働き始めた。彼女が目標を達成して喜ぶ姿を見るのが好きだった。

ルカは彼女が好きだった。

彼女と一緒に暮らすのが好きだった。

自分のベッドに彼女がいるのが好きだった。

妊娠が彼女の体にもたらす変化を見るのが好きだった。

このありふれたことが奇跡のように思えるのは、日々を二人で分かち合っていたからだ。

ポリーは彼のものだったからだ。

しかし、彼女はほぼ毎日、ルカに〝愛している〟と告げた。それが彼の中に不協和音を生み、それを無視するのがしだいに難しくなっていた。

低レベルの周波数のように、ルカの調子を狂わせ始めたのだ。ポリーの愛の告白は彼にとっては気が重く、そうならないわけがなかった。

ルカの耳にはそれがあまりに大きく聞こえ、ほかのことは何も聞こえなくなっていた。

何かが彼の胸に手を伸ばし、心臓を槍《やり》でつついたような感覚に襲われ、全身を引きちぎられるような痛みを覚えた。

ルカはそれから逃れる術《すべ》を見つけることができなかった。それは、彼がこれまで経験したことのないような恐ろしい怪物さながらで、二度と経験したくないと思わせた。

だからといって、ポリーから離れたいとは思わなかった。自分の人生に彼女がいることを切望していたからだ。手に入れられると確信していたものを手に入れたかった。

なのに、自分は間違っているのではないかという猜疑心《さいぎしん》に駆られ、ルカは打ちのめされた。

彼は普通の人々とは違っていた。ほかの人と同じことをしているつもりでも、実はそうではなかったりする。ほかの人が何を必要としているのかわかっているつもりでも、その推測が間違っていることもあった。

間違いだ。間違いだ。間違いだ。

父は僕に、いつも言っていた、おまえは間違っていると。

母はしばしば〝あなたは正しい〟と言ってくれたが、もうこの世にはいない。だから、母が常に〝大丈夫〟だと思ってくれていたのか、あるいは、のちのち僕が苦労するのを見越していたのかどうかは、今となっては知る由もない。

もし僕が壊れていたら? もし僕が、ポリーが望むような形でそばにいてやれなかったら?

ルカは彼女が必要とする形で、ずっとそばにいたかった。

ポリーは僕に、人がそれを再び受け入れることができるような方法で気遣いを示す必要があると言った。そして、僕を愛していると言ったが、そのときポリーは、彼女の望むような気遣いを僕にも返してほしいと暗に求めていたのではないだろうか。

しかし、そうだとしても、あからさまな告白で気遣いを返すのは、プレゼントの箱を開けるところを誰かに見られているようなものだ。

ルカは、自分の反応がポリーに受け入れられるかどうか、確信が持てなかった。

というより、何一つ確信が持てなかった。


彼がしたかったのは、自分自身の神聖な目標に向かって邁進《まいしん》すること、医学の分野で決定的な成果を得ることだった。

これほど単純なことはなかった。

たいていの人にとっては医学や医療は謎めいているものだとルカは理解していた。しかし、彼にとっては人間関係にまつわるすべてが謎だった。

そして、それが自分に特有なものなのか、変えることができるのか、知る由もなかった。

もし母が生きていたら、すべてが変わっていたのだろうか? ルカは自問した。一流の医学者でもなく、研究開発の分野をリードするわけでもなく、億万長者でもない、単なる普通の男になっていただろうか。妻とうまくやる方法を理解し、いい父親になる方法を理解している男に。

今、僕が直面している問題は、僕がこれまで見てきたもの、学んできたこと、経験してきたことの欠如が引き起こしているのだろうか？

ルカが知っているのは、自分は不充分だと感じているということだけだった。魂に至るまで。

ポリー自身は幸せそうに見えた。だが、勘違いだとしたら？　彼女はただ単に虚勢を張っているだけだとしたら？

あるいは、ポリーが彼に感じていると主張する愛に目がくらんでいたとしたら？

彼女の両親は娘とずっと一緒にいた結果、娘を不幸にした。ポリーは彼らのもとをなかなか去れなかった。それは、彼女が両親を愛していたからではないのか？　今の僕たちの状況とそっくりでは？

彼はその考えを拒絶した。心の底から。

彼女は……これまでの人生で僕が出会った中で最もすばらしい人だ。同時に、僕を最も不安にさせ、最も苦痛を与えた女性でもある……。

その日、ポリーは午後三時半に彼のオフィスにやってきた。今さらながら、ルカは彼女の美しさに呆《ぼう》然《ぜん》とした。

すべてが四年前の五月二十四日と同じだったから。太陽の黄金の光に照らされていたから。そこは二人だけの世界だったから。

これからも僕はこうした経験を何度も繰り返すに違いない。そうだろう？

だが、ルカはふと疑問が湧いた。二人の関係をよりすばらしいものにする能力が、二人に必要なものをすべて実現させる能力が、はたして自分にあるのだろうかと。「ミラノが恋しいか？」

「いいえ」ポリーは戸惑った様子もなく答えた。なぜそんなことをきくのかと尋ねもせずに。そして、自分のオフィスであるかのように、ルカのオフィスで仕事を始めた。

彼女はオフィスのどこに何があるか知っているのだ、とルカは思った。彼のことをよく知っているのと同じく。それはよいことに思えた。

「だが、もし戻れるとしたら、戻りたいか？」

ポリーは首を横に振った。「いいえ、実はミラノでの仕事には満足していなかったの。〈サルバトーレ〉で――あなたの下で仕事をしていると、ほかの仕事に移るのは難しいわ。特に、あなたの躍進ぶりを見てしまうとね。ファッション関係の仕事に価値がないわけではない。私は心から、美と芸術が人生を生きる価値のあるものにすると信じている。でも、あなたは生きることそのものを可能にする仕事をしている――大勢の人たちにとって。私は、あなたの仕事は必要不可欠なものだと感じている。それをなげうって、ほかの仕事に移るのは難しいと思う」

ルカはゆっくりとうなずいた。「なるほど」

このオフィスは神聖なものだった。二人の仕事上の関係も。

それはルールだった。なのに突然、ルカの中でルールが揺らぎ、曖昧になった。

続いて、愛しているというポリーの大胆な告白が脳裏で渦を巻き、ルカは打ちのめされた。圧倒された。それ以外には何も聞こえない。

これこそが、彼がいつも他人に説明するのに苦労することだった。

時には内面の雑音があまりに大きくなり、そこへさらに外の雑音が加わって、耐えがたいほどになる。普通の人間にとっては穏やかでも、ルカにとっては暴力的でさえあった。彼らにとってそよ風のように感じられるものが、彼の皮膚の下では鋭利な短剣となる場合もあった。それはあまりに圧倒的で、あまりにしつこく、それを誰かに知らせる術を彼は持たなかった。

そこで、ルカはポリーと分かち合おうとし、今もまだ試していた。

とはいえ、彼にとっての最も効果的にコミュニケーション方法は、触れ合うことだった。

もちろん、オフィスでは許されない。ルール違反の最たるものだから。

だが、ルカは自分を抑えられないことに気づいた。二人は一緒に住んでいた。ベッドを共にした。彼は彼女のために自分のルーティンを壊した。彼の人生さえも。それでもまだ充分とは思えず、不公平感が肩にのしかかった。重く、しつこく、強烈に。

ルカはポリーに近づいて彼女の首の後ろに手をまわし、顔を引き寄せて唇を奪った。

ポリーが息をのんだ。ルカはショックを受けたものの、不快ではなかった。彼は彼女のことをよく知っているし、信じていた。

だから、ルカはキスを続けた。

ポリーは手頃だった。ルカを彼の観念世界から連れ出し、彼の体を現実に根づかせるのに。だからなおもキスを続けた。それが彼の中の雑音を静めることができる唯一の手立てだったから。

彼女はルカの首に腕をまわし、キスを返した。彼は何も言わなかった。にもかかわらず、ポリーは理解しているようだった。ルカが彼女を必要としていることを。

ルカは今、二人を分かつ最後の壁を壊す必要があった。仕事場という神聖な空間を。

いったい、僕のルールとはなんだったのだろう。何を意味していたんだ？　ルカはもはやその答えを見いだせなかった。何もわからない。

彼はいくつものルールに従って生きてきた。それらが今日《こんにち》の彼を築きあげたのだ。

そう、ルカは医学の進歩に大いに貢献してきた。数多くのすばらしい発見を成し遂げてきた。だが、一人の人間として、一人の男として、彼は自分が何かを成し遂げたとは思っていなかった。何か本質的なことを、何かより深いものを。

けれど、ポリーがいた。

そして彼女は、ルカが築きあげた人生に物足りないものがあると感じさせた。彼は王国を築きあげ、偉大なことを成し遂げたと確信していた。自分の至らなさが取るに足りないことに思えるほど、彼は業績を積み上げてきた。しかし、それでも……。

彼女がいた。

ポリーは彼に、別の生き方を見つけなければならないと思わせた。異なる感じ方、別の呼吸の仕方を。さらに、彼女を手に入れるには新しい自分になる必要があると感じさせた。

ルカには今、ポリーがいて、彼女は彼の妻だった。秘書ではない。しかも、ルカの子供を身ごもっている。そして、彼には彼女が必要だった。

だから、キスをしながらポリーを抱き上げ、デスクの端に座らせた。そして荒々しい感情に促されるがまま勢いよくドアに向かい、厳重に鍵をかけた。

ポリーが目を見開いた。

「今すぐきみが必要なんだ」

「わかったわ」ポリーが応じる。

ルカは彼女にも言ってほしかった。私にもあなたが必要だと。

だが、ポリーはすでにもっと重要なことを言っているはずだ。内なる声が指摘した。おまえを愛していると。

それでも、ルカは頼まざるをえなかった。

「きみも言ってくれ、ポリー。きみも僕を必要としていると」フェアではないと自覚していたが、どうしても言ってほしかった。

「もちろん、あなたが必要よ」

ルカは彼女の目を通して理解した。自分がいかにわけのわからない人間かを。ミラノに戻りたいかどうか尋ね、オフィスのドアに鍵をかけ、抱き上げてデスクの端に座らせた。さらには、僕を必要としていると言えと強いた。まったく、わけがわからない。自分の言動ながら、意味不明だ。

しかし、ルカはもはや自分を止めることができなかった。ポリーの口を何度も何度も求めながら彼女の腿の間に立ち、スカートをめくり上げた。そして湿った脚の付け根に手を伸ばし、彼女があえぐまでいじめた。彼女がもっとと叫ぶまで。ああ、もっとあなたが欲しい、と。

ルカはそれに応えた。ベルトとズボンの留め具を外し、下腹部をあらわにするなり、ポリーをいっきに貫いた。

ずいぶん前に避妊具をつけなかったと彼女に指摘されたとき、ルカは最初、信じなかった。

今となっては愚かとしか思えない。彼はあのときの自分を想像することさえできなかった。けっして自分を見失うことはないと自負していたからだ。

ポリーと暮らし始めてからは、自制心を失うなど日常茶飯事だった。それが彼の人生となった。

だからルカは彼女を奪った。何度も何度も。そして、すべてを感じた。

彼女の体の熱くきつい締めつけ。耳をかすめる熱い吐息。ポリーの快感が高まっていくのがわかる。彼女が泣きだすと、ルカは改めて確信した。

そう、僕は彼女を必要としている。

いつもこんなふうにしていたら、どうなるだろう？　僕に何が残る？

ルカは物思いを断ち切り、体の欲求に集中した。この瞬間に完全に身を委ねるという過激な感覚に。

彼はポリーの腰をつかみ、激しく荒々しく突きながらぎゅっと抱きしめた。

ポリーはルカの肩にしがみつき、彼の名を叫んだ。

次の瞬間、ルカは快楽の大波にさらわれ、崖っぷちから奈落の底へと落ちていった。しかし突然、ポリーが現れ、まばゆい光で彼の魂を包みこんだ。

ルカはオフィスという神聖な空間で彼女の名を祈りのごとくつぶやいた。オフィスはもはや仕事のために設けられた場ではなく、ポリーに授けられた空間だった。

もはやルカの中に障壁は残っていなかった。そして、彼女から離れてその目を見つめたとき、彼は息ができないほどの激しい痛みを感じた。

「ポリー……」ルカは荒々しい声で言った。

「ああ、ルカ……」ポリーは彼の顔に触れながら応えた。

ルカは彼女から離れた。「すまない。僕は自制心を失ってしまった」

「謝らないで、ルカ。あなたは毎日、自分をコントロールしながら生きている。そんなあなたの自制心を奪うのは、むしろ楽しいわ」

だが、ルカはそんなふうには考えられなかった。確かに、その瞬間は快いが、彼はしだいに自分を取り戻すことができなくなった。いつの間にかポリーが彼にもたらした感情にすべてを委ねていて、簡単には自分自身に戻れなかった。

戻れなければ、コントロールを維持するのは不可能だ。そして維持できなければ……自分が誰なのかさえわからなくなる。

ルカは暗い考えを押し殺してポリーを、その大きな目を見た。

「愛しているわ、ルカ」彼女は言った。

それはまるで鋭利な刃《やいば》となって彼の胸を突き刺した。

「だめだ。きみに愛されたくない」

「どうして?」

「きみの望むものを僕は与えることができないからだ。きみが受け入れられる仕方できみを世話することもできない」

その言葉は炎となって喉を焼き、自分は役立たずだとルカに思わせた。無価値な人間だと。

たちまち彼は自分が嫌いになった。誰よりも何よりも。自分を憎みさえした。

しかし、それは真実だった。ポリーに愛されているのに、彼女を愛することができないなら、彼女にとって重要な気遣いをすることができないのなら、それは不公平というものだ。

僕は半ば強引にポリーを結婚へと導いた。そして彼女は、ほかの誰も感じたことのないものを僕に感じ取った。

なのに、愚かな僕はそれに対して何も返すことができなかったのだ。

胸が焼きつくされるような痛みを覚えたが、ルカは無視した。すべてを無視した。この明白な真実以外のすべてを。

僕はポリーを手放さないだろう。秘書だったときと同じように彼女を利用するだろう。そして、また結局は同じことが繰り返される。ポリーは僕のもとを去るに違いない。彼女が必要とするものを僕が与えられなかったときに、彼女が感じたいものを僕が感じさせられなかったときに。

二人の人生のあらゆる瞬間に、想像を絶するほどすばらしい心のこもったプレゼントをポリーは与えてくれたが、彼女は僕の反応から僕の気持ちを察することができなかった。そして僕は、自分の気持ちを彼女に伝える言葉を持たなかった。

僕はポリーを失望させるだろう。

望んでいたような息子になれずに父を失望させたように。

僕は自分自身に嘘《うそ》をついていたのだろう、とルカは思った。自分の子供が必要とする父親になれると。

ルカには目的があった。医学の進歩に貢献すること、それが彼の目指すものだった。

明確だった。彼は人間の体をどう扱うべきか熟知していた。だが、人間の魂の神秘は手に余った。とりわけ自分自身の魂の神秘は。

なぜ彼女をこの混沌《こんとん》に巻きこもうと思ったんだ？

大きな間違いだった。

ポリーを解放しなければならない。なんとしても。どんなにつらくても。

「ポリー、僕たちはこのままではいけない」

「どういうこと？　何を言っているの？」

「きみが僕に感じてほしいと望んでいるものを、僕はけっして感じることができない。きみが望んでいるような気遣いを僕はきみに示すことはできない。そして、僕たちの赤ん坊に対しても同様ではないかと、僕は心配している」

「あなたが与えてくれたものに、私ががっかりしたことがある？」

「あったと思う――ときどき」

「でも、そのときは、私はあなたに変化を求めた。そうよね？」

「確かに。だが……きみの愛の告白と、それに応えられない僕の歯がゆさで――」

「私はあなたに、愛してと頼んだかしら？　あなたが応えてくれないのは耐えがたいとか悲しいとか、一度でも訴えたかしら？」

「いや。だが、いずれは耐えがたくなる。そして、きみのためにどうするのが最善か、考えなければならないときが来る。だが、それがいつかはわからない。僕は、きみが僕のもとを去らざるをえなくなるまで、きみを失望させ続けたくない。もしかしたら、きみの人生の半分がそうなる恐れもあるんだ」

「ルカ、あなたがそんなふうに悲観するようになることを、私はしたことがあったのね？」

「きみは〈サルバトーレ〉を辞めた。きみが何を言おうと、僕のせいで秘書を辞めたんだ。いつの日か、結婚生活にも同じことが起こるだろう。いつか……」

きみが両親に対してしなければならなかったことを、僕に対してもする日が来るかもしれない。きみの両親は、きみが望んだようにはきみを愛さなかったから、きみは彼らと縁を切らなければならなかった」

「あなたは私を信頼していないのね」

「いや、信頼している。それが問題なんだ。その選択は正しい判断だったはずだ。そして、もし……もしも僕がきみを手放すための第一歩を踏み出さなければ、僕は、きみが僕の中に見いだしてくれた〝いい人〟にはなれない」

「あなたは私に約束したでしょう」ポリーは切迫した声で言った。「私を操らないと。私のそばにいてくれるって約束したじゃない」

「努力はした。僕の魂の限界に挑戦し、すべて受け入れようと。だが、僕はこの物語の悪役にはなりたくない」

「ヒーローにもなりたくないみたいね」

「きみは何もわかっていない」

「いいえ、わかってる。自分の心を開き、私たちの中に蓄積された障害物や不純物を取り除くのがいかに難しいか、充分に理解しているつもりよ。あなたは、これまで経験した痛み、そして自分が引き起こしたと感じている痛みに縛られている。でも、私のことを少しでも気にかけてくれているのなら、私の言うことを聞いて。私を信じて。あなたが必要とする限り、私はこの結婚を続けるつもりよ」

「僕がきみを愛する方法を学ぶまで？」彼は皮肉めいた口調で言った。「ポリー、こんなゲームはもうやめよう。きみは夫に愛されない結婚生活を送るつもりはなく、僕に変わってほしいと願っている。きみは僕が変わるのを必要としている」

「いいえ、違うわ！　あなたが変わることを必要としているのは、あなた自身よ」彼女は怒りを爆発させた。「なぜなら、あなたはこの結婚生活が続くのを望んでいるから。そして、いい夫になりたい、いい父親になりたいと願っている」

「僕には無理だ」ルカは声を荒らげた。「きみは僕の頭の中に居座り、それ以外は何も考えられなくなる。僕は仕事をしなければならないのに。きみだけなんだ、きみだけが僕を狂わせる。きみが僕に言ったこと、きみを見ると感じる気持ち、それらを消し去ることができない。このところずっとなんだ、ポリー。どうすればいいのかわからない。このままでいいわけがない。どんなに不完全でも、僕は自分らしくありたいんだ」

「あなたが不完全だなんて、誰が言ったの？」

「きみはその答えを知っているはずだ。母が死んだあと、僕のおもちゃの車がどうなったか知りたいか？」

ルカは突然、自分が空っぽになった気がした。過去の出来事を打ち明けようとしながらも、彼女にはなぜそれがそんなにひどいことなのか理解できないだろうと思った。ただ、彼女は話してくれた、両親による仕打ちを、そして誰も彼女の話に耳を傾けてくれなかったことを。

「父は僕が愛していたおもちゃの車をすべて黒いごみ袋に詰めこみ、持ち去ったあと、僕に言った。何かに執着するのは健全ではないと。母がいなくなり、おもちゃもなくなって、僕には何も残っていなかった。もはやしがみつくものは存在しない。僕は車のことはなんでも知っていた。それは僕にとっては羅針盤のようなもので、自分の居場所を確認するための手段だった。僕は見知らぬ世界に放り出されたようで、自分はもう安全ではないと思った。何も信用できなかった。僕にできたのは、耳をふさぎ、頭を抱え、床に横たわって叫ぶことだけだった。そして、どうやって立ち直ればいいのか見当もつかなかった。あんな思いは二度としたくない。何もかも失った少年には戻れないんだ、絶対に」

ポリーは手を伸ばし、彼の腕に触れた。「あなたは私を恐れていない。あなたが恐れているのは、あなた自身。だからこそ、私はあなたに変わってほしいと思っているの。あなたの胸には喪失感が刻まれている。でも、愛はどうなの？」

ポリーは身なりを整え、彼から離れた。

「何をしているんだ？」ルカが尋ねた。

「出ていくわ。あなたが望むなら、いつでも。あなたの言うとおりよ。私たちが距離をおくのはいい考えだと思う。私たちが問題をすべて解決するまで。あなたの身に起こったことは本当に残念だわ」

「だが、そんなことはたいした問題じゃないと？」

「いいえ、大きな問題だと思う。だけど、私は今、あなたに私のことを気にかけてほしいの。私たち二人とも、誰かに愛される価値があると思っているから。よりよい人生を受け取るに値すると思うから」

彼女は泣かなかった。懇願したりもしなかった。ポリーが何を望んでいるかルカは知っていると確信していたからだ。

泣いたり懇願したりする代わりに、ポリーは悲しげにほほ笑んだ。そしてオフィスを出て、ドアを閉めた。

取り残されたルカは、自分の中で何かが壊れそうになるのを感じた。そこで急いで気を取り直し、自分の生きる目的について考えを巡らせた。

彼はまず医療について考えた。そして、ポリー・プレスコットが現れて、自分に欠けているものを教えてくれるまで、彼の人生がいかに完璧だったかを。

だとしたら、彼女が出ていった今、僕の人生は以前のように完璧になる。そうだろう？

15

ポリーはホテルに入った。ルカが正気に戻ると信じて。彼はきっと私を捜し出すだろう。彼は機転が働くし、私は自分の痕跡を消そうとはしなかった。

だが、日がたつにつれ、不安に駆られた。私はルカに対して強く出すぎたのではないかと。二人の結びつきの強さを過大評価していたのではないかと。

ポリーには、ルカが彼女のことを気にかけているとわかっていた。それ以上に、ルカは私を愛している、あるいは愛する可能性がある、と。

とはいえ、ルカは怖がっていた。

彼女の心は、かつての少年のために涙を流していた。そして、自分自身のためにも。

ポリーは努力した。自分をさらけ出し、ルカの気持ちをどうにかしようとした。それは失敗に終わったが、彼女はその挑戦は自身の成長の一環であり、成長が幸福をもたらすと信じていた。しかし、彼女は今、少しも幸せではなかった。

ポリーはルームサービスを頼んでから、リモート出勤をした。まだ仕事が残っていたからだ。大好きな仕事が。

いずれにせよ、ルカはまだ夫だった。ポリーは彼にききたかった。これからどうなるのかと。ルカが彼女と一緒にいたいと思っていようといまいと、二人の間には赤ん坊がいる。おそらく、彼はまだ、子供の人生に関わるつもりでいるはずだ。

かわいそうなルカ……。

彼は嘘《うそ》つきではないし、人を操ったりもしない。彼は自分が言ったことを心から信じていた。自分はポリーにとって充分ではないかもしれない、彼女を傷つけるかもしれない、と。

　しかし、ポリーは知っていた。彼が本当に恐れているのは自分が傷つくことだと。だけど、そんな彼をどうして責めることができるだろう？

　彼の父親はとんでもなく残酷な人だった。それを忘れることができない彼に、腹を立てるのは難しかった。

　いつかルカは私を愛してくれる。ポリーはそう信じていた。けれど、彼はその可能性はないと伝えようとした。まるでそれが親切であるかのように。

「それでも、私はあなたを愛し続ける」ポリーは独りごちた。内心で泣きながら。

　ルカは仕事に集中しようとした。だが、思うに任せず、いらだっていた。

　すべてのことを分けて考える必要があった。それは彼の得意とするところだった。なのに、ポリーはすべてに顔をのぞかせた。

　ルカの仕事に対するモチベーションにさえ、彼女は関わっていた。なぜなら、医学の進歩によって、世界は妊婦のポリーにとっても安全な場所になっていたからだ。そして彼は、彼女が病気だと思ったときの恐怖を簡単に思い出すことができた。

　最近、ルカの脳はしきりに世界中の妊産婦死亡率について考えていた。合併症や妊娠、出産にまつわる危険について。それらを軽減する方法や検査について。だが、集中力はすぐに乱され、ともすれば心臓がばくばくした。

　ルカは歯を食いしばり、集中力を高めなければならなかった。彼はほかの人が感じるであろうことを感じた。いや、もっと強く。

　誰も僕の気持ちを完全に理解することはできない、とルカは思った。ポリーでさえも。彼女は何を知っているのだろう？　僕の何を知っているんだ？　たとえ僕に同情したとしても、彼女は僕のことを本当には理解していない。

それがいつから〝歓迎すべきこと〟になったんだ？　内なる声が問う。自分は理解されないという考えが？

防御——その言葉が彼の心に浮かんだ。

ルカは彼女の存在を感じていた。今もなお。ポリーは僕の心を占領した。僕をとりこにした……。

突然、ルカの中の亀裂をどうにかふさいでいた仮のシーリング材が破裂し始めた。

僕はポリーを愛している。

その気づきが彼の目を開かせた。

彼女の中で渦巻いているのは、僕への愛ではなく、僕の彼女への愛なのだ。だが、僕はそのことを認めるのを恐れ、打ち明けるのを恐れた。

そう、ルカはポリーを愛していた。彼女を愛し、彼女を求め、彼女に愛されたかった。

しかし、もし僕がポリーを失望させ、彼女が去ってしまったら……。

これまで僕が耐えてきたどんなことよりも、ずっとひどい結果を招くに違いない。

なぜ人はこんなにも苦しみが伴う愛というものを求めるのだろう？　なぜ人はそれを詩や歌にしたりするんだ？　成就しなければ死にたくなるようなこの感情を。

ルカはポリーを愛していた。ずっと一緒にいてほしかった。二人がつくりだした赤ん坊を彼女が無事に出産することを望んでいた。

彼はずっと我が子のそばにいたかった。その子がどう考え、どう感じようと。ルカは、自分たちが今いる場所でその子に会うために、自分自身を変えようと決意した。

そしてポリーのためにもそうしようと誓った。

ルカが彼女にしようとしていたこと、それはすべてを制御することだった。そう、僕はポリーが望むものを与えようと多くのことをしてきたが、その制御の枠内だった。その制御がきかなくなり始めたとき、彼女がルーティンや自分の設けたルールよりも重要な存在になったとき、僕は逃げ出したのだ。

なぜなら、僕が彼女に感じていたものは、これまで彼の心の中に存在した何よりも大きなものだったから。

今こそ、ポリーのもとへ行かなければならなかった。選択の余地はない。そうするしかなかった。もっとも、選択肢があっただろうか？

ほかに何があるんだ？

ルカはこの人生を自分なりに生きてきた。その生き方が彼を長きにわたって支えてきた。

だが、彼女の愛が彼の心をとらえた。その真実が。

ポリーはルカにすべてを与えようとしたのに、彼はその半分も受け取らなかった。

ルカは今、その受け取らなかったものがなんなのか、知りたくてたまらなかった。

そして彼女を求めていた。この世に、彼女から逃げるに値するほどの痛みは存在しない。

ルカが今するべきは、白旗を掲げてポリーに身を委ねることだけだった。彼にとってそれはきわめて難しい。この世の何よりも。

だが、ポリーにはそうするだけの価値があった。

ポリーはルームサービスが届くのを待っていた。そのため、部屋のドアがノックされるやいなや、ベッドから起き上がり、確認もせずにドアを開けた。

そのとたん、固まった。

ルカが立っていた。ミラノにやってきたときのような荒々しい目つきで。

そして、なぜかポリーはその瞬間にすべての真実を悟った。「ルカ――」

「何も言うな」彼は遮った。「僕が言わなければならない。きみを愛している。僕にはきみが必要なんだ。きみなしには生きていけない。今の今までそれを認めることができなかったことを、心底後悔している。きみへの愛を感じ始めたとき、僕は逃げた。言い訳をした。なぜなら、自分の中にある恐怖を直視しない限り、きみが愛してくれたようには、きみを愛することができなかったからだ。僕は恐れていたんだ、きみを失うことを。僕が自分のすべてをかけてきみを愛した挙げ句、万が一きみを失う羽目に陥ったら、どうなってしまうか……」

「ルカ……」ポリーは胸を締めつけられ、なんとか声を絞り出した。「あなたには感情がないと思っていた自分が信じられない。あなたはすべてを愛していると気づいたから。お母さまを亡くして以来、あなたがしてきたことはすべて、世界に愛を注ぐことだった。愛情を自分の中にとどめておくのではなく、出し惜しみするのでもなく。あなたは私の知りうる限り、最も寛大で、善良な男性、最高の人よ。完璧でなくても、私は全然、平気。だって、あなたと一緒にいるときほど自由だと感じたことはないんだもの。幸福感に浸ったことはない。自分らしくいられたこともない」

「僕も同じだ……」ルカはそこで珍しく言いよどんだ。「そして、これまでの言動を恥じている」

「私も、言ってはいけないことを言ってしまったことがあるわ」

「僕は言われて当然だった。自業自得だ」

「いいえ。人は誰も、自分の存在や性格を否定されるようなことがあってはならない。ありのままのあなたが、私にとっては贈り物なの。だから私はあなたを愛しているの」

「僕も同じだ。きみは最高の贈り物だ。愛しているよ、ポリー」

ポリーは彼を見上げ、胸がいっぱいになった。

「ドクター・ルカ・サルバトーレ、あなたは本当にすばらしい人よ」

「きみもだ、ポリー・プレスコット」

ルカは確かに気難しいボスだったかもしれない。けれど、最高の夫だった。

さらに、それから何年もかけて、ルカは最高の父親でもあることを証明した。六人の子供たち全員にとって。

そしてついに、母親の命を奪った癌《がん》の画期的な治療法を発見して発表することができた。その発表会場には、子供たち全員が顔をそろえた。自分たちの知らない祖母に敬意を表するために。

なぜなら、その祖母こそ、ルカが医療分野ですばらしい業績をあげるきっかけとなったからだ。それがひいては、ルカを、誰も見たことのないような輝かしく喜びに満ちた最高の人生へと導いたのだ。


何千人もの聴衆の前で、子供たち一人一人がルカに小さな車を贈ったとき、家族以外は誰もその理由を理解できなかった。

しかし、ルカとポリーは顔を見合わせて笑みを交わした。

彼が少年時代に失ったものがすべて戻ってきたのだ。どれもが彼が想像していたよりはるかに大きなものとなって。

そしてルカとポリーの愛がほかの何よりも大きく、堅固であることは、言うまでもない。

ハーレクイン®

秘書から完璧上司への贈り物
2025年1月5日発行

著　　者　ミリー・アダムズ
訳　　者　雪美月志音（ゆみづき　しおん）

発 行 人　鈴木幸辰
発 行 所　株式会社ハーパーコリンズ・ジャパン
東京都千代田区大手町 1-5-1
電話 04-2951-2000（注文）
0570-008091（読者ｻｰﾋﾞｽ係）

印刷・製本　大日本印刷株式会社
東京都新宿区市谷加賀町 1-1-1

ISBN978-4-596-71883-9 C0297

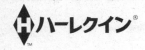

1月15日発売

ハーレクイン・シリーズ 1月20日刊

ハーレクイン・ロマンス

愛の激しさを知る

忘れられた秘書の涙の秘密 《純潔のシンデレラ》	アニー・ウエスト／上田なつき 訳	R-3937
身重の花嫁は一途に愛を乞う 《純潔のシンデレラ》	ケイトリン・クルーズ／悠木美桜 訳	R-3938
大人の領分 《伝説の名作選》	シャーロット・ラム／大沢　晶 訳	R-3939
シンデレラの憂鬱 《伝説の名作選》	ケイ・ソープ／藤波耕代 訳	R-3940

ハーレクイン・イマージュ

ピュアな思いに満たされる

スペイン富豪の花嫁の家出	ケイト・ヒューイット／松島なお子 訳	I-2835
ともしび揺れて 《至福の名作選》	サンドラ・フィールド／小林町子 訳	I-2836

ハーレクイン・マスターピース

世界に愛された作家たち
〜永久不滅の銘作コレクション〜

プロポーズ日和 《ベティ・ニールズ・コレクション》	ベティ・ニールズ／片山真紀 訳	MP-110

ハーレクイン・プレゼンツ作家シリーズ別冊

魅惑のテーマが光る
極上セレクション

新コレクション、開幕！

修道院から来た花嫁 《リン・グレアム・ベスト・セレクション》	リン・グレアム／松尾当子 訳	PB-401

ハーレクイン・スペシャル・アンソロジー

小さな愛のドラマを花束にして…

シンデレラの魅惑の恋人 《スター作家傑作選》	ダイアナ・パーマー 他／小山マヤ子 他 訳	HPA-66

文庫サイズ作品のご案内

◆ハーレクイン文庫・・・・・・・・・・・・・・毎月1日刊行
◆ハーレクインSP文庫・・・・・・・・・・・毎月15日刊行
◆mirabooks・・・・・・・・・・・・・・・・・毎月15日刊行

※文庫コーナーでお求めください。

今月のハーレクイン文庫

12月刊 好評発売中！

帯は1年間"決め台詞"！

珠玉の名作本棚

「小さな奇跡は公爵のために」
レベッカ・ウインターズ

湖畔の城に住む美しき次期公爵ランスに財産狙いと疑われたアンドレア。だが体調を崩して野に倒れていたところを彼に救われ、病院で妊娠が判明。すると彼に求婚され…。

（初版：I-1966「湖の騎士」改題）

「運命の夜が明けて」
シャロン・サラ

癒やしの作家の短編集！　孤独なウエイトレスとキラースマイルの大富豪の予期せぬ妊娠物語、目覚めたら見知らぬ美男の妻になっていたヒロインの予期せぬ結婚物語を収録。

（初版：SB-5,L-1164）

「億万長者の残酷な嘘」
キム・ローレンス

仕事でギリシアの島を訪れたエンジェルは、島の所有者アレックスに紹介され驚く。6年前、純潔を捧げた翌朝、既婚者だと告げて去った男——彼女の娘の父親だった！

（初版：R-3020）

「聖夜に降る奇跡」
サラ・モーガン

クリスマスに完璧な男性に求婚されると自称占い師に予言された看護師ラーラ。魅惑の医師クリスチャンが離婚して子どもの世話に難儀していると知り、子守りを買って出ると…？

（初版：I-2249）